T. M. GLAW

DIE HEXEN VOM TÜLLINGER

Für Doro,
ohne die Jana nie im Oberen Wiesental gelandet wäre.

Der Verlag dankt Ulrike Parnow und Wolfgang Sauer
für die Durchsicht des Manuspkripts.

Bibliografische Information der Deutschen Nationalbibliothek:
Die Deutsche Nationalbibliothek verzeichnet diese Publikation in der Deutschen Nationalbibliografie; detaillierte bibliografische Daten sind im Internet über http://dnb.de abrufbar

1. Auflage
Dr. Glaw + Lubahn GbR - Mediathoughts Verlag

Grafische Gestaltung: Florian L. Arnold
Druck und Bindung: Mazowieckie Centrum Poligrafii Sp. z o. o.
Gedruckt in Polen

ISBN: 978-3-947724-61-1

Das Buch wurde auf FSC-zertifiziertem Papier gedruckt.

»Die Vergangenheit ist nicht tot.
Sie ist nicht einmal vergangen.«

William Faulkner

Heinrich Wagner war ein Nazi und ein Schwein.

Adolf Wagner war sein Sohn und nicht viel besser.

Baron Friedrich von Gutzkow war ein freigiebiger Mann.

Franziska Keller ist eine Freundin, der manches unheimlich ist.

Adam Michnik pflückte Äpfel und wollte reich werden.

Hiltrud Haberer rettet ein Leben und starb zu früh.

Anna Haberer ist angeblich eine Hexe und erbt.

Kommissar Philipp von Reutberger ist ein Ur-ur-Enkel des letzten Kaisers.

Prof. Dr. Wolfgang Aspro ist ein Füllhorn des Wissens.

Kriminaldirektor a. D. E. O. Hansen wundert sich.

und *Hauptkommissarin Jana Vecera* wollte eigentlich nur eine Woche Urlaub machen.

1. Donnerstag

Hauptkommissarin Jana Vecera hatte die Nase voll.

Von München.

Von Kriminaldirektor Biedermann.

Und von Georg.

Von Letzterem insbesondere.

Wie schnell doch Liebe verflog.

Mein Restaurant hier, mein Restaurant da.

Nie hatte er Zeit.

Gut.

Vielleicht übertrieb sie ein wenig:

Aber vernachlässigt fühlte sie sich schon.

Es war August.

Die Äpfel auf dem Viktualienmarkt rochen nach – nichts.

Eine Freundin ihrer Mutter hatte in einen Obstbaubetrieb südlich von Freiburg eingeheiratet und schon ein paarmal gefragt, ob sie nicht vorbeikommen wolle.

»Ernsthaft?«, fragte Franziska Keller.

»Ernsthaft«, antwortete Jana. »Ich habe noch jede Menge Urlaub, ich muss hier raus und in München passiert sowieso nichts im Moment.«

»Dann komm«, hatte Franziska geantwortet.

Franziska war Janas Mutter bei einer Bergtour in den Schweizer Alpen begegnet und die beiden hatten sich angefreundet. Jana war Franziska vor zehn Jahren das erste Mal begegnet, danach hatten sie nur sporadisch Kontakt miteinander gehabt. Umso erstaunter war Jana, dass ihr Ersuchen so völlig ohne Zögern angenommen wurde.

Blieb Kriminaldirektor Biedermann.

»Was kann ich denn für Sie tun?«, meinte der.

»Hier ist nichts los, meine versprochene Mitarbeiterin lässt auf sich warten und ich brauche ein paar Tage Urlaub.«

»Sie sind immer noch ungestüm, junge Dame«, erwiderte Biedermann. »Ruhige Zeiten sind ruhige Zeiten, genießen Sie sie. Ihre Mitarbeiterin oder Ihren Mitarbeiter muss ich erst loseisen.«

»Möchten Sie, dass ich künftig alles allein stemme?«

»Frau Vecera, jetzt machen Sie mal halblang. Das fügt sich schon. Vielleicht ist es gar nicht schlecht, wenn Sie ein paar Tage Urlaub nehmen. Wohin soll es denn gehen?«

»Zum Tüllinger.«

»Bitte?«

»Das ist ein Hügel in der Nähe von Lörrach. Eine Freundin meiner Mutter hat dort eine Obstplantage.«

»Eine Obstplantage?«

»Na ja, sie hat in einen Bauernhof eingeheiratet, der vor allem Obst anbaut.«

»Dann machen Sie doch eine Woche Urlaub und entspannen Sie ein bisschen. Ich bin sicher, die Kollegen können München in der Zwischenzeit gut betreuen.«

»Eine Woche?«

»Von mir aus.«

Eine Stunde später hatte sie ihren Urlaubsantrag gestellt und von Kriminaldirektor Biedermann bestätigt bekommen. Sie warf einen Blick auf die Uhr. Kurz vor vier. Zeit zu gehen. Sie verfrachtete die wenigen Papiere, die auf ihrem Schreibtisch lagen, in eine Schublade, schloss ab, fuhr ihren Rechner herunter und verließ ihr Büro.

Auf dem Gang begegnete sie Lisa Meineke, einer jungen Kriminalmeisterin, mit der sie ein- oder zweimal Kaffee trinken war.

»Schon Feierabend?«

Jana nickte. »Der Chef hat mir eine Woche Urlaub bewilligt.«

»Wohin soll es denn gehen?«

»Nichts Besonderes. Eine Freundin im Südschwarzwald hat mich eingeladen. Ich brauche einfach ein paar ruhige Tage.«

»Na dann viel Spaß.«

Sie überlegte, während sie durch die Theatinerstraße zum Odeonsplatz ging, ob Lisa eine Option für ihr zukünftiges Team sein könnte. Neben einem Kommissar oder einer Kommissarin, über den Biedermann sich nach wie vor in Stillschweigen hüllte. Als sie am Max-Weber-Platz aus der U-Bahn ausstieg, dachte sie kurz daran, bei Georg im Rosengarten vorbeizugehen, entschloss sich aber dagegen. Er hätte sowieso wieder keine Zeit.

Sie lief die Innere Wiener Straße entlang, entschied sich gegen einen Aperol Spritz in einem der schon überfüllten Lokale und schloss 10 Minuten später die Tür zu ihrer Wohnung auf. Nachdem sie Bluse, Jackett und die dunkle Stoffhose mit T-Shirt und Shorts vertauscht hatte, setzte sie sich mit einem Glas kühlen Grünen Veltliner auf ihren kleinen Balkon. Sie freute sich auf ihre morgige Reise. Wenn sie durch die Schweiz fuhr, würde das zwar ein paar Franken kosten, jedoch deutlich weniger Nerven als die vielen deutschen Baustellen. Vielleicht konnte sie sogar einen Stopp am Bodensee einlegen.

Sie ging zurück in die Küche, goss sich ein weiteres Glas ein, nahm ihr Handy vom Schreibtisch und sandte Franziska eine kurze WhatsApp, dass sie morgen käme.

2. Freitag

Sie hatte gepackt, sich beim Bäcker um die Ecke zwei Croissants besorgt und sich einen Cappuccino zubereitet. Mit beidem saß sie jetzt auf dem Balkon. Sie hörte die Frauenkirche in der Ferne neun Uhr schlagen und die kleinen Wolken am ansonsten blauen Himmel verhießen einen schönen Tag. Um halb zehn saß sie in ihrem Mini und fuhr auf dem Mittleren Ring der A 96 entgegen. Sie hatte Georg doch noch eine kurze WhatsApp geschickt, dass sie für ein paar Tage verreist sei, aber keine Antwort darauf erhalten.

Die Fahrt durch Deutschland verlief ereignislos, Tunnel wechselten sich mit Einhausungen und anderen Scheußlichkeiten aus Beton ab. Nachdem sie den Pfändertunnel durchquert hatte, schlugen Gewerbeviertel auf Schweizer Boden in dieselbe Kerbe. Da es gegen Mittag zuging, verließ sie die Autobahn in Rheineck, hielt kurz in der von Hundertwasser gestalteten Markthalle Altenrhein, um einen Salat zu essen, und machte sich schnell wieder auf den Weg Richtung Zürich. Das umgebende Gewerbeviertel war genauso dröge wie alle übrigen.

Knapp zwei Stunden später überquerte sie in Rheinfelden die Grenze und parkte ihren Wagen kurz darauf auf dem geräumigen Hof des Obstanbaubetriebs Keller in Stopfingen, das zwischen dem Oberrhein und dem Tüllinger, einem Hügel, verträumt vor sich hin döste.

Kaum war sie ausgestiegen, kam ihr ein etwa 1,90 Meter großer grinsender Blondschopf entgegen, der sie bärenmäßig umarmte und meinte: »Du musst die Jana sein. Kannst du bitte deinen Straßenfloh da drüben abstellen, andernfalls kommt unser Gabelstapler nicht durch.«

»Martin?«

»Wer sonst?«

»Dann park ich mal um.«

Nachdem sie ihren Mini dort abgestellt hatte, wohin Martin Keller deutete, nahm sie ihre Reisetasche vom Rücksitz und sperrte ihren Wagen ab.

»Franzi ist oben und bereitet Material für die Schule vor. Ich bring dich hoch.«

Sie blieb kurz stehen und sog den Duft ein. Äpfel, Birnen, Pflaumen.

»So ähnlich muss es im Paradies gerochen haben.«

Er lachte. »Na ja, ein Paradies ist es nicht. Da steckt schon viel Knochenarbeit drin. Aber man ist nah an der Natur und wenn man in so einen reinbeißt ...«, er griff in eine große Kiste und warf ihr einen rotbackigen Apfel zu, »... dann weiß man, was es im Supermarkt kaum mehr gibt.«

Sie fing den Apfel, biss hinein und musste aufpassen, dass ihr der Saft nicht aus den Mundwinkeln troff. Ein ungläubiges Lächeln huschte über ihr Gesicht..

»Gut, gell?«

Sie nickte und folgte dem Hünen ins Haus, wo er die Treppen in den zweiten Stock erklomm. Aus einer Zimmertür kam ihr eine dunkelblonde, lächelnde Frau entgegen, die ihre Lesebrille in den Ausschnitt ihrer Bluse gesteckt hatte und ihr beide Hände entgegenstreckte.

»Jana! Wie schön, dass du kommen konntest und wir uns endlich wiedersehen.«

Jana wusste nicht, wohin mit dem Apfelbutzen in ihrer Hand, Franziska nahm ihn einfach, gab ihn ihrem Mann und umarmte Jana.

»Du hast dich kaum verändert. Ein wenig müde siehst du aus.«

»Die letzten Wochen waren eher langweilig, unser letzter Fall lässt mich aber irgendwie nicht los.«

»Das musst du beim Abendessen erzählen«, warf Martin Keller ein. »Ich muss zurück ins Lager.«

»Bei euch ist Hochsaison, oder?«, fragte Jana.

»Könnte man sagen, aber eigentlich geht es hier immer rund. Jetzt zeige ich dir erst mal dein Zimmer.«

Sie stiegen gemeinsam eine weitere Treppe hinauf und betraten einen geräumigen Raum mit einer Wandschräge und einem Fenster, von dem aus man den hinter dem Ort ansteigenden Tüllinger sah.

»Hier kannst du dich ausbreiten, nebenan hausen Eva und Lena.«

»Wie alt sind die beiden denn jetzt?«

»Siebzehn und fünfzehn. Eva macht nächstes Jahr Abi.«

Jana stieß einen erstaunten Laut aus.

»Ja«, meinte Franziska lächelnd. »Die Zeit ist verflogen. Ich muss noch ein paar Aufgaben für das nächste

Schuljahr vorbereiten, fühl dich einfach wie zu Hause. Wenn du etwas trinken oder dir einen Kaffee machen möchtest: Küche und Esszimmer sind unten.«

»Gibt es hier oben ein Bad?«

»Das hatte ich ganz vergessen. Am anderen Ende des Gangs, mit Dusche und Toilette.«

»Super.«

Jana packte aus, verstaute das meiste in dem kleinen Schrank, schnappte sich ihren Kulturbeutel und begab sich Richtung Bad. Als sie deutlich erfrischt und nur mit einem langen T-Shirt bekleidet zu ihrem Zimmer zurückging, kam eine junge Frau mit blonden Haaren die Treppen herauf, die fast ebenso groß wie Jana war.

»Eva?«

»Hallo, Jana. Schön, dass du da bist. Und jetzt sag bloß nicht so etwas wie ›Als ich dich das letzte Mal gesehen habe, warst du so groß‹.«

Sie mussten beide lachen.

»Wie lange bleibst du?«

»So eine Woche, denke ich.«

»Du wirst dich zu Tode langweilen. In diesem Kaff passiert absolut nichts.«

»Na ja, ich wollte ja ein wenig durchschnaufen, Abstand gewinnen, vielleicht einen Freund meiner Mutter in Freiburg besuchen ... und wenn du Ideen hast, dann nur heraus damit.«

»Mal schauen«, meinte Eva Keller. »Sind ja noch Schulferien.«

Als sie sich wieder angezogen hatte und die Treppe hinunterging, schlug es von einem Kirchturm vier Uhr.

Durch die geöffnete Tür sah sie Franziska Keller am Schreibtisch. Sie klopfte kurz am Türrahmen und sagte: »Ich gehe mir ein wenig die Beine vertreten.«

Franziska wandte sich um und erwiderte: »Abendessen gibt es gegen sechs. Viel Spaß.«

Als sie den großen Hof betrat, kam ein irischer Setter laut bellend herbeigeschossen und sprang an ihr hoch. Jana beugte sich hinunter, um ihn zu kraulen, als Martin aus der Lagerhalle kam und rief:

»Melitta, aus!« Er kam zu ihr herüber und meinte: »Das ist ein weiteres Familienmitglied, Jana. Melitta die Siebte.«

»Die Siebte?«

»Ja, wir haben seit Langem irische Setter hier auf dem Hof und Melitta ist die siebte Melitta. Ihre Erziehung lässt allerdings noch zu wünschen übrig. Was hast du vor?«

»Rundgang durchs Viertel.«

»Dürfte eher ein Dorfrundgang werden. Möchtest du sie mitnehmen? Sie könnte ein wenig Auslauf gebrauchen und benimmt sich normalerweise ganz manierlich.«

»Meine Erfahrung mit Hunden ...«, sagte Jana vage.

»Das wird schon«, grinste Martin, nahm eine Leine von einem Haken neben der Tür und drückte sie Jana in die Hand. »Denk daran, wenn du auf die andere Seite des Dorfes willst, dass mittendurch die Bahnlinie läuft.«

Damit ging er zurück in die Lagerhalle und Jana blickte Melitta an, die hechelnd auf die Leine schaute.

»Was meinst du, sollen wir spazieren gehen?«

Gleich einer Antwort strich der Hund um ihre Beine und sie nahm ihn an die Leine. Der Hund wandte sich, nachdem sie den Hof verlassen hatten, sofort nach links und Jana folgte seiner Eingebung. Am Ende der Straße sah sie einen kleinen Kirchturm.

Sie liefen an zweistöckigen Häusern vorbei, an Gärten und Mauern, hinter denen man selten Kindergeschrei vernahm. Schließlich ging es über mehrere Treppen hinauf zu einer kleinen Kirche, hinter der ein Friedhof lag. Melitta VII hielt sich jetzt eng neben ihr, als hätte sie Respekt vor den Toten, drängte sie aber nach links. Vorbei an einer langen Reihe wohlgeordneter Gräber kamen sie auf einen Parkplatz und eine deutlich lebendiger werdende Melitta zog sie zu den Weinbergen. Ein aufkommender Wind nahm dem schwülen Nachmittag ein wenig die Schwere, und als der Hund sie bittend ansah, ließ sie ihn, ohne groß nachzudenken, von der Leine. Erstaunlicherweise erfolgte kein Ausbruch von Freiheitssehnsucht, sondern Melitta blieb relativ nah bei ihr, so als sei ihr bewusst, dass sie hier die Richtung vorgeben musste.

Zehn Minuten später erreichten sie den Rand eines kleinen Waldes. Auf der linken Seite des Weges stand ein in die Jahre gekommenes Haus, um das sich ein Bauerngarten ausbreitete, in dem eine ältere Frau sich an den Bohnen zu schaffen machte. Auf Melittas Bellen richtete sie sich auf und ging die wenigen Schritte zum Zaun.

»Ja, Melitta«, rief sie, »was machst du denn hier?«

Sie kraulte die Hündin, die sich am Zaun aufgerichtet hatte, und sah Jana interessiert an.

»Ich bin eine Freundin von Franziska«, sagte die, »und Melitta führte mich ein wenig spazieren.«

Die Frau reichte ihr die Hand: »Anna Haberer.«

»Jana Vecera.«

»Möchten Sie nicht auf eine Tasse Tee hereinkommen?«

»Wir sollten um sechs zurück sein«, meinte Jana und blickte auf ihr Handgelenk, wo sich eine Armbanduhr befinden sollte, die sie nach dem Duschen im Zimmer vergessen hatte.

»Machen Sie sich keine Sorgen«, antwortete die alte Frau, nachdem sie kurz in den Himmel geblickt hatte. »Es dürfte erst Viertel vor fünf sein und bei den Kellers nimmt man es mit der Zeit sowieso nicht so genau.«

»Woher wissen Sie das?«, fragte Jana lachend.

»Weil ich die beiden Mädels zur Welt gebracht habe.«

Sie folgte Anna Haberer durch den Garten um das Haus herum, wo unter einer Markise Stühle und ein großer Tisch standen.

»Nehmen Sie Platz und entschuldigen Sie mich einen Moment«, sagte die Gärtnerin und verschwand durch einen Vorhang im Haus.

Melitta trieb sich zwischen Phlox, Bohnen und Tomaten umher, offenbar auf der Spur nach Gerüchen, die nur sie mit ihrer feinen Nase wahrnehmen konnte. Jana nahm einen Stuhl, stellte ihn in die Sonne, die sich unter ein wenig Dunst verborgen hatte, und schloss die Augen. Als sie hinter sich Schritte vernahm, fuhr sie hoch.

»Die Chinesen sagen nicht zu Unrecht: ›Willst du ein Leben lang glücklich sein, so schaffe dir einen Garten‹.«

Anna Haberer hatte eine Teekanne, zwei Tassen und eine Schale mit Gebäck auf den Tisch gestellt, und Jana setzte sich ihr gegenüber.

»Ich hatte schon befürchtet, eingeschlafen zu sein«, meinte Jana.

»Ich glaube, Sie hatten das, was die junge Generation heute einen ›Power Nap‹ nennt. Für eine alte Frau wie mich heißt das nur, dass Sie eine gewisse Erschöpfung in sich tragen. Trinken Sie eine Tasse Tee.«

Jana sah der Frau in die Augen, sagte aber nichts und trank einen Schluck Tee. Dann setzte sie die Tasse kurz ab, ließ ihren Blick suchend über den Garten schweifen und trank einen weiteren.

»Machen Sie sich keine Sorgen«, sagte die alte Frau, »ich kenne auch diese Melitta. Sie treibt schon keinen Blödsinn.«

»Was ist das für ein Tee?«, fragte Jana nach dem dritten Schluck.

»Eine Hausmischung«, lächelte Anna Haberer. »Johanniskraut, Melisse und Lavendel. Dazu ein wenig grüner Tee.«

»Und das haben Sie sich gerade ausgedacht«, lächelte Jana.

»Nein«, meinte die alte Frau. »Aber ich glaube, der Tee passt zu Ihrem jetzigen Gemütszustand.«

Jana schaute interessiert und ein wenig skeptisch in das sonnengebräunte Gesicht ihres Gegenübers, aus dem sich das wirkliche Alter nur schwer ablesen ließ.

»Wie lange bleiben Sie denn bei den Kellers?«

»Ich habe eine Woche Urlaub.«

»Dann kommen Sie doch ab und zu einmal vorbei. Ich würde mich freuen.« Jana hörte in der Ferne die Kirchturmuhr dreimal schlagen. »Wie gesagt«, meinte die alte Frau, »bei den Kellers geht es nicht immer so pünktlich zu.«

»Vielen Dank für den Tee«, antwortete Jana. »Der war ... gut. Ich weiß zwar nicht wie, aber er war ... gut.«

»Ich weiß, Jana, ich weiß«, meinte die alte Frau, steckte zwei Finger in den Mund und pfiff, worauf Melitta wie der Blitz aus einem entfernten Teil des Gartens geschossen kam. »Ich würde mich freuen, wenn wir uns wiedersähen.«

»Ich mich auch«, erwiderte Jana, reichte der alten Frau die Hand und wunderte sich über den kräftigen, langen Händedruck. Sie nahm Melitta an die Leine, schlüpfte durch das Gartentor, das sie hinter sich verschloss, und schaute noch einmal auf Anna Haberer, die ihr nachblickte. Als sie die Weinberge hinter sich gelassen hatten, läutete es sechs und Melitta hatte es mit einem Mal eilig. Jana begann sich zu wundern, ob in dieser Gegend sogar die Hunde einen sechsten Sinn hatten.

Kaum auf dem Hof, kam Martin aus der Lagerhalle und rief: »Na, hat dich Melitta durch das halbe Dorf geschleift?«

»Nö«, erwiderte Jana, »wir sind durch die Weinberge und haben an einem alten Haus bei einer netten älteren Frau, die Melitta zu kennen schien, eine kurze Pause eingelegt.«

Martin sah sie skeptisch an. »Bei den Haberers?«

»Genau so hieß die Frau. Anna Haberer.«

Martin brummte etwas und meinte dann: »Lass uns essen gehen. Franzi hat schon zweimal gerufen.«

Im Haus duftete es nach einer warmen Mahlzeit, und nachdem sie Melittas Pfoten gesäubert und sich die Hände gewaschen hatten, betraten sie eine große Wohnküche, wo drei Frauen ihrer Ankunft harrten. Die jüngste und kleinste von ihnen stand auf, ging auf Jana zu, umarmte sie und sagte: »Ich bin Lena, aber das hast du dir schon gedacht. Mama hat gesagt, du bist Kriminalkommissarin.«

Jana musste lachen: »Das bin ich tatsächlich, aber viel wichtiger ist: Hier riecht es verführerisch!«

»Mama hat einen Quiche Lorraine und einen Zwiebelkuchen gebacken!«

Nachdem sie ein Stück Quiche und etwas Salat auf dem Teller hatte, das Weinglas mit Weißwein namens ›Weiler Schlipf Gutedel‹ gefüllt war und Franziska ein kurzes Gebet gesprochen hatte, ließ es sich Jana schmecken.

»Wo warst du denn spazieren?«, wollte Eva wissen.

»Bei den Hexen«, brummte Martin.

»Bitte, Martin!«, fuhr Franziska auf, während die beiden Mädchen lachten.

Jana blickte in die Runde. »Möchte mich jemand aufklären?«

»Du bist durch die Weingärten gelaufen und dann an einem Haus am Waldrand gelandet, wo Melitta so lange gebellt hat, bis jemand kam.«

»Fast richtig«, antwortete Jana und schob sich ein weiteres Stück Quiche in den Mund, »es war allerdings schon eine ältere Frau im Garten, die Melitta kannte und freudig begrüßte. Ich habe mit ihr eine Tasse Tee getrunken.«

»Sie hat dich eingeladen?«, fragte Lena erstaunt.

»Ja, sie war sehr nett. Aber was hat das denn mit den vermeintlichen Hexen zu tun?«

Franziska Keller warf ihrem Mann einen ärgerlichen Blick zu. »In diesem Haus leben drei Frauen ...«

»Und kein Mann!«, warf ihr Mann ein.

»Papa, bitte!«, empörte sich Eva.

»Darf ich weiter erzählen?«, fragte Franziska ironisch ihren Mann. »Den Ureinwohnern Stopfingens ist das seit jeher ein Dorn im Auge und es gibt allerlei Gerüchte. Tatsache ist, dass es Großmutter, Mutter und Tochter sind. Wen hast du eigentlich kennengelernt?«

»Anna.«

»Das ist die Großmutter. Sie ist Hebamme und so etwas wie Naturheilerin. Das ist eine lange Geschichte, die erzähle ich dir bei Gelegenheit einmal. Ihre Tochter Margarete ist Apothekerin in Lörrach, deren Tochter Annemarie hat in Dresden und Paris Kunst studiert. Sie arbeitet als Grafikerin und freischaffende Künstlerin.«

»Und was hat es mit den Hexen auf sich?«

»Da gab es noch eine Urgroßmutter«, brummte Martin.

»Ich weiß, Martin«, erwiderte seine Frau ruhig. »Aber wollen wir wirklich beim Abendessen die gesammelten Vorurteile dieses Kaffs durchhecheln?«

In die entstandene Stille fragte Jana: »Könnte ich noch ein Stück Zwiebelkuchen bekommen?«

»Aber gerne«, sagte Franziska und füllte auch ihr Weinglas wieder auf.

»Ist der Wein von hier?«, wollte Jana wissen, in dem Versuch, dem Gespräch einen anderen Verlauf zu geben.

»Natürlich«, antwortete Martin. »Wie fast überall in Baden wächst auch in Stopfingen guter bis sehr guter Wein.«

Eva fing Janas Blick auf und lächelte.

»Ist die Kellerei am Ort?«

»Ja, sicher«, meinte Martin. »Wenn du magst, können wir die gerne anschauen«, er grinste, »gerne auch mit Weinprobe.«

»Dafür musst du aber nicht zur Kellerei, die hier fast ums Eck ist«, ergänzte Eva. »Die meisten Weine dürfte Papa im Keller haben.«

»Nur die Guten«, murmelte der.

Jana nahm das Glas mit Weißwein in die Hand. »Der ist schon einmal gar nicht schlecht.«

Martin nickte zustimmend. »Magst du Wein?«, fragte er.

»Mehr als Bier, auch wenn ich quasi aus der Stadt des Bieres komme. Ich bin mit einem Gastronomen befreundet, der sich selbst wahrscheinlich eher als Wirt bezeichnen würde und der über einen gut gefüllten Weinkeller verfügt.«

»Und was für Weine schenkt dein Freund aus?«

»Er hat viele Österreicher, einiges aus Franken sowie ein paar Italiener und Franzosen. Ich denke, es ist eine sehr persönliche Auswahl.«

»Da fehlen unbedingt noch ein paar Badener!«, meinte Martin.

»Du hast ja eine Woche Zeit, mich zu überzeugen«, lächelte Jana. »Ich nehme dann gerne ein paar Testflaschen mit. Georg dürfte schwieriger zu gewinnen sein als ich.«

Jana war froh, als sie gegen zehn nach oben in ihr Zimmer ging, dass das weitere Gespräch im Allgemeinen geblieben war. Sie hatte ein wenig von ihrem letzten Fall erzählt und mit den Mädchen über ihre Zukunftspläne geplaudert. Auch Martin hatte das Thema ›Hexen‹ nicht wieder angesprochen. Sie nahm sich vor, Franziska noch einmal zu fragen. Sie hatte als Kommissarin zwei Jahre in Weilheim verbracht, daher war ihr kleinstädtischer Tratsch, aber auch seine bisweilen dramatischen Folgen, nicht unbekannt. Eine Viertelstunde später lag sie im Bett und war kurz darauf eingeschlafen.

3. Samstag

Jana wachte auf, als sie Stimmen auf dem Gang vernahm, und warf einen Blick auf ihre Armbanduhr. Kurz vor acht. Sie hatte – zumindest gefühlt – traumlos geschlafen und fühlte sich zum ersten Mal seit Tagen beim Aufstehen wach. Sie stand auf, zog die Vorhänge zur Seite und öffnete das Fenster. Die Kühle des Morgens machte ihr Lust, wieder einmal laufen zu gehen, eine Routine, die sie in den letzten Wochen sträflich vernachlässigt hatte. Laufschuhe und Sportshorts hatte sie eingepackt.

Am Boden der Treppe kam ihr Franziska aus der Küche entgegen. »Du bist aber früh dran für Urlaub.«

»Ob du es glaubst oder nicht, ich fühle mich zum ersten Mal seit Wochen ausgeschlafen und habe Lust auf einen kurzen Lauf.«

»Und was heißt ›kurz‹ bei dir?«

»Ich denke, ich werde in Richtung Hexen laufen«, erwiderte Jana grinsend.

Franziska drohte ihr mit dem Finger: »Ich muss dir ein wenig mehr zu den Frauen erzählen, damit du den Unfug verstehst, den Martin da von sich gibt. Vielen Männern sind die drei einfach unheimlich.«

»Waren manche Frauen den Männern nicht schon immer ein wenig unheimlich?«, lächelte Jana. »Außerdem gibt es ja glücklicherweise keine Hexenverbrennungen mehr.«

»Da hast du recht«, meinte Franziska nachdenklich. »Na dann viel Spaß, Frühstück gibt es, wenn du wieder da bist.«

Kaum war sie die Treppe zum Hof hinuntergegangen, kam Melitta angeschossen und strich ihr um die Beine. Martin schaute aus der Halle, zog die Augenbrauen hoch und schlenderte zu ihr herüber.

»Sehr schick«, kommentierte er lächelnd. »Wenn dich die männliche Dorfbevölkerung sieht, werden sie heute Abend alle hechelnd vor der Tür stehen.«

»So schlimm?«, fragte Jana.

»Nö, aber Blicke, neidische und bewundernde, wirst du sicher bekommen. Wohin willst du denn joggen?«

»Wo ich gestern mit Melitta spazieren gegangen bin.«

Melitta hatte ihren Namen gehört, setzte sich und sah Jana hechelnd an.

»Und?«, fragte Martin.

Jana stöhnte. »Geht das denn ohne Leine?«

»Sie joggt auch mit den Mädchen, aber die kommen in den Ferien nicht vor zehn aus den Federn.«

Jana sah Melitta an: »Und?«

Melitta bellte einmal laut. Damit war es entschieden und sie machten sich auf den Weg.

Es waren mehr Leute als am letzten Nachmittag auf der Straße und sie kassierte durchaus den einen oder anderen

Blick. Melitta gab wieder den Weg vor, Jana vermutete, dass sie den gleichen Weg wählte, den Eva und Lena liefen. Er führte nicht durch den Friedhof, aber auf denselben Weg durch die Weingärten wie gestern. Als sie am Haus der Haberers vorbeikamen, trat eine jüngere Frau aus dem Haus, die von Melitta fröhlich mit Gebell begrüßt wurde und ihnen zuwinkte. Kurze Zeit später joggten sie in einen Wald, in dem es kühler wurde und wo es nach Moos und Laub roch. Nach ungefähr einem Kilometer, als Jana sich überlegte zu stretchen und umzukehren, fing Melitta an, nervös herumzutänzeln und lief dann in den Wald.

»Melitta!«

Jetzt war genau das eingetreten, was Jana befürchtet hatte. Sie hatte keine Ahnung, was der Hund vorhatte, und ohnehin keine Ahnung von Hunden. Nach wenigen Minuten kam Melitta angelaufen, bellte Jana wie verrückt an, sprang wieder in Richtung Wald und bellte weiter.

»Soll ich mitkommen?«, fragte Jana den Hund, aber der bellte einfach weiter. Sie hatte keine Lust, sich im Dickicht die Beine zu zerkratzen, aber da Melitta sich nicht abbringen ließ, folgte sie ihr in den Wald. Hundert Meter und einige Kratzer später blieb der Hund stehen und bellte. Jana kam näher und nahm einen Geruch wahr, den sie nur zu gut kannte. Sie musste sich Gewissheit verschaffen, aber wie würde der Hund reagieren?

»Sitz, Melitta.«

Der Hund gehorchte zu Janas großem Erstaunen. Da sie keine Handschuhe dabei hatte, schob sie mit den Fingerspitzen das Laub von der Stelle, die Melitta verbellt hatte. Nachdem sie die oberste Laubschicht beiseitegeschoben hatte, nahm die Zahl der Insekten zwischen den vermodernden Blättern zu. Als sie vorsichtig eine weitere Schicht entfernt hatte, blickte sie auf eine menschliche Hand. Es war eindeutig eine menschliche Hand und der stärker werdende Geruch war der Geruch des Todes. Autolyse nannte das Doktor Goldstein, ihr Münchner Pathologe.

Jana stand auf, trat ein paar Schritte zurück und holte tief Luft. Sie hatte kein Handy mitgenommen.

»Melitta.«

Der Hund erhob sich und kam zu ihr. Sie streichelte ihn. »Das hast du gut gemacht. Wir müssen jetzt zurück und die Polizei alarmieren. Komm!«

Sie liefen den Waldweg entlang, durch den sie gekommen waren, schneller als Jana geplant hatte, und sie war etwas außer Atem, als sie am Haus der Haberers ankamen. Anna saß auf einer Bank vor dem Haus und hatte eine Tasse in der Hand, die sie neben sich stellte, bevor sie mit erstaunlicher Geschwindigkeit aufsprang.

»Was ist denn?«

»Ich muss telefonieren.«

»Was ist denn passiert?«

Jana schüttelte den Kopf: »Kann ich bitte das Telefon benutzen?«

Anna Haberer nickte und ging ins Haus. Jana mit Melitta an ihrer Seite folgte ihr. Im Gang befand sich ein altmodisch wirkendes Telefon. »Keine Angst, es funktioniert«, bemerkte die alte Frau lächelnd.

Jana griff nach dem Hörer, zögerte und fragte: »Was genau ist denn die Adresse Ihres Hauses?«

»Wen wollen Sie denn anrufen?«

»Die Polizei.«

Anna Haberer war blass geworden. »Das Haus hier hat keine wirkliche Adresse. Sagen Sie ihnen, das Haus der Haberers hinter dem Friedhof. Aber was ...?«

Jana wählte die 112.

»Ich möchte einen Leichenfund melden. Nein, das ist kein Scherz. In Stopfingen, in der Nähe des Hauses der Familie Haberer, hinter dem Friedhof.«

». . .«

»Ich bin nicht von hier, zum Donnerwetter! Schicken Sie einen Streifenwagen und alarmieren Sie die Kriminalpolizei, die Spurensicherung und die Forensik!«

». . .«

»Ja, ich weiß, wovon ich spreche, und nein, ich schaue nicht zu viel Tatort, und jetzt setzen Sie gefälligst Ihren Hintern in Bewegung!«

Sie legte auf.

Die alte Frau neben ihr schmunzelte. »Sie lassen sich aber auch nicht die Butter vom Brot nehmen.«

Jana realisierte, wie relativ spärlich sie bekleidet war.

»Was haben Sie denn gefunden?«

»Das haben Sie doch gehört.«

»Haben Sie ...«

»Nein, ich nehme zum Joggen keine Handschuhe mit.«

»Sind Sie Polizeibeamtin?«

»Ja.«

»Und Sie würden sich gerne ein wenig passender kleiden, bevor Ihre Kollegen kommen.«

»Das wird sich vermutlich schwer machen lassen.«

»Na, Martin wird Ihnen doch von den Hexen erzählt haben.«

Langsam wurde Jana die alte Frau ein wenig unheimlich.

Anna Haberer lachte verhalten. »Meine Enkelin ist ungefähr so groß wie Sie. 1,85, oder?«

Jana nickte.

»Kommen Sie, wir finden eine Jeans und ein Sweatshirt. Damit können Sie Ihren Kollegen besser entgegentreten.«

Anna Haberer hatte eine Jeans und ein dunkelblaues Sweatshirt in den Beständen ihrer Enkelin gefunden, die Jana wie angegossen passten. Sie saßen gemeinsam mit einer Tasse Tee auf der Bank vor dem Haus, als der erste Streifenwagen blau blinkend davor hielt.

»Haben Sie angerufen?«, wollte ein uniformierter Polizist wissen, nachdem er ausgestiegen war.

»Sie haben sich aber Zeit gelassen«, antwortete Jana und ging zum Zaun.

»Und Sie glauben, Sie haben wirklich eine Leiche gefunden?«

»Ich war joggen und der Hund hat angeschlagen. Ich habe mit den Fingerspitzen einen kleinen Teil freigelegt.« Sie sah den jungen Polizeimeister an. »Eine Hand.«

»Und wenn es ein Witz ist? Plastik?«

»Auch dann sollten Sie es sich ansehen. Aber es ist kein Witz. Die Autolyse hat bereits eingesetzt.«

Der junge Mann sah sie verständnislos an.

»Oder in Ihren Worten: Es riecht. Soll ich Ihnen den Ort zeigen?«, fragte Jana.

»Bitte.«

Sie wandte sich um. »Kann Melitta hierbleiben, Frau Haberer? Sie würde nur einen vermeintlichen Tatort weiter kontaminieren.«

»Klar«, meinte die alte Frau lächelnd und kraulte den Hund.

Jana ließ sich in den Passat fallen und sagte: »Folgen Sie einfach dem Weg in den Wald.«

Sie hatte versucht, sich die Stelle einzuprägen, an der sie anhalten und zu Fuß ins Unterholz gehen mussten, denn es gab einen bemoosten Baumstumpf am Wegrand. Ein paar Minuten später meinte sie: »Jetzt bitte langsamer. Bei dem Baumstumpf da vorne müssen wir in den Wald.«

Sie gingen zu dritt und folgten dem Weg, den Jana und Melitta gegangen waren und der sich aufgrund der geknickten Zweige und der zertretenen Pflanzen nachvollziehen ließ. Kurz darauf standen sie an dem Platz, an dem Jana die Hand freigelegt hatte. Sie winkte die Beamten zu sich, ging in die Knie und deutete auf die Hand. »Für was halten Sie das?«

Der ältere der beiden ging ebenso in die Knie und rümpfte ob des Geruches die Nase. »Ich denke, Sie haben recht, wir verständigen die Kollegen.«

Jana verdrehte die Augen. »Was denn«, meinte der Polizeibeamte. »Wenn wir bei jedem Anruf, der eine vermeintliche Leiche meldet, gleich mit einem Großaufgebot anrücken würden, hätten wir viel zu tun.«

›Das Ländle‹, dachte Jana bei sich. »Soll ich hier warten oder kann ich meinen Hund abholen?«, fragte Jana.

»Ich denke, wir müssen noch eine Aussage aufnehmen, aber wenn Sie uns Ihren Namen, Adresse und Handynummer geben, können wir das später machen. Hier dürfen Sie nicht bleiben.«

»Wollen Sie das hier oder am Einsatzfahrzeug notieren?«

Der Beamte schaute erstaunt, meinte aber dann: »Lassen Sie uns das am Wagen machen, wir müssen mit der Zentrale sprechen.«

Sie gingen zum Wagen zurück und während der ältere der beiden mit dem Präsidium sprach, notierte sich der jüngere Janas Namen, ihre Handynummer und ihre Adresse bei den Kellers.

»Ich habe im Moment kein Handy dabei«, meinte Jana. »Erreichen können Sie mich erst wieder in einer Dreiviertelstunde oder so.«

»Das wird sich hier länger hinziehen, vielleicht kommen wir später bei Ihnen vorbei, sonst morgen. Die Leiche dürfte vermutlich schon länger da liegen.«

»Nicht länger als zwei Tage, würde ich sagen«, meinte Jana lächelnd, drehte sich um und ging zügig zurück zum Haus der Haberers.

Es war halb elf, als Melitta sie am Zaun begrüßte und Anna Haberer aus der Tür trat. »Ich habe Franzi angerufen, damit sie sich keine Sorgen macht.«

»Danke, daran hatte ich gar nicht gedacht. So wenig wie ich während meines Urlaubs an eine Leiche gedacht hatte.«

»Was machen Sie eigentlich bei der Polizei?«

»Ich leite eine Ermittlungsgruppe bei der Kripo München.«

Die alte Frau zog die Augenbrauen hoch. »Da haben Sie ja schon einiges erreicht.«

»Es war nicht immer einfach, aber nachdem ich meinen alten Chef los bin, hoffe ich, dass es wieder mehr Spaß macht.«

»Na, dann gehen Sie mal zu den Kellers zurück, Jeans und Sweatshirt können Sie mir morgen vorbeibringen.« Sie lächelte verschmitzt. »Außer Sie möchten ...«

»Ich weiß. Martin hat mich vor den Blicken der jungen Herren gewarnt. Ich dachte, hier wäre alles so katholisch.«

»Das tut gewissen Interessen keinen Abbruch. Das wissen Sie doch, oder?«

Jana reichte ihr die Hand und machte sich mit Melitta VII im Schlepptau auf den Heimweg.

»Wo hast du dich denn umgezogen?«, fragte Martin, als sie auf den Hof kamen.

»Das hat sich so ergeben«, erwiderte Jana und lief mit Melitta die Außentreppe hoch. In der Küche traf sie auf Franziska.

»Was war denn los?«, wollte die wissen. »Anna sagte nur, dass es sich etwas hinzöge. Habt ihr euch verlaufen?«

»Schlimmer«, meinte Jana. »Ich habe eine Leiche gefunden.«

Franziska ließ sich auf einen Stuhl fallen. »Ehrlich? Und wo?«

»In dem Wäldchen hinter Annas Haus.«

Franziska war blass geworden.

»Was ist denn?«

»Ach, nichts. Ich musste nur an etwas denken. Mann oder Frau?«

»Ich habe nur die Hand freigelegt und dann die hiesige Polizei gerufen. Ich denke, es ist ein Mann.«

»Mehr hast du nicht gesehen?«

»Warum interessiert dich das?«

Franziska stand auf, ging zu einem Küchenschrank, dem sie eine schmale Flasche ohne Etikett entnahm, und goss in zwei Gläser einen Hauch einer wasserhellen Flüssigkeit ein. Sie hob das Glas, deutete einen Gruß an und leerte es. Jana roch vorsichtig an dem Glas und trank dann einen kleinen Schluck. Es erinnerte sie an etwas, das sie bei Georg schon einmal getrunken hatte.

»Zibebe?«

»Gar nicht schlecht, Frau Kommissarin. Hierzulande allerdings Zibärtle genannt.«

»Und warum?«

»Weil jetzt die Gerüchteküche wieder hochkochen wird.«

Jana sah sie fragend an, als Martin den Raum betrat, verblüfft schaute und die Flasche vom Küchentisch nahm.

»Was sind denn das für neue Sitten?«

»Hol dir ein Glas und setz dich«, sagte Franziska knapp.

Martins Gesichtsausdruck schwankte zwischen verstört und sauer, aber er nahm sich ein Glas, goss sich etwas von dem Obstbrand ein und wartete.

»Jana hat eine Leiche gefunden.«

Martin, der gerade einen kleinen Schluck getrunken hatte, verschluckte sich und musste husten. »Bitte?«

»Du hast richtig gehört.«

»Und wo?«

»Am Tüllinger.«

Martin Keller goss sich einen weiteren Schnaps ein, sah ihn gedankenverloren an und trank das Glas aus. Dann kratzte er sich an der rechten Schläfe, sah Jana an und fragte: »Ist das ein besonderes Talent?«

»Nein«, erwiderte die. »Melitta.«

»Tatsächlich?«

Jana nickte.

»Und wo genau?«, wollte Martin wissen.

»Einen, vielleicht anderthalb Kilometer hinter deinem Hexenhaus.«

Martin wirkte ernst. »Lassen wir die Hexen beiseite. Das ist alles Unfug.«

Seine Frau sah ihn erstaunt an.

»Also im Wald, nicht weit vom Haus der Haberers entfernt. Weißt du, ob er schon lange da lag?«

»Woher willst du wissen, dass es ein Mann war?«

»War es denn keiner?«

»Ich habe zuerst gefragt.«

»Kommt da jetzt die Kommissarin durch?«

Jana lächelte ihn freundlich an. »In gewisser Hinsicht schon.«

Er wollte erneut zur Schnapsflasche greifen, aber seine Frau kam ihm zuvor und verstaute sie wieder im Schrank. Er sah sie kurz an, und Jana war sich nicht sicher, ob es hier gleich eine Ehekrise geben würde, aber dann nickte Martin. »Du hast ja recht. Aber du weißt, was ich denke.«

Franziska nickte.

»Darf ich das auch wissen?«, fragte Jana.

»War es ein Mann?«

»Wahrscheinlich.«

»Und wie ist er umgekommen?«

»Keine Ahnung, Martin. Das ist nicht mein Revier. Melitta hat die Leiche gefunden. Ich habe vorsichtig eine Hand freigelegt, war mir sicher, dass es sich um einen Menschen handelt, und bin zu den Haberers zurück, um die Polizei anzurufen.«

Martin Keller Augen weiteten sich: »Mein Gott.«

»Ein toter Mensch ist immer schlimm«, meinte Jana nachdenklich, »besonders, wenn es sich um einen gewaltsamen Tod handelt. Gibt es hier einen Hintergrund, den ich kennen sollte?«

»Es ist doch nicht dein Revier«, antwortete Martin.

»Ich bin aber neugierig, sonst wäre ich bei der Polizei nicht, wo ich bin.«

»Was genau machst du eigentlich bei der Kriminalpolizei in München?«, fragte Franziska.

»Ich bin leitende Ermittlerin für Gewaltverbrechen.«

Martin ging zum Küchenschrank und holte die Flasche wieder heraus. Entschuldigend blickte er auf Franziska: »Nur noch einen.«

Auf dem Herd zischte ein Topf. Franziska stand auf und schaltete die Platte ab.

»Was gibt es denn heute Mittag?«, wollte Martin wissen.

»Du lenkst ab«, bemerkte Jana grinsend.

»Stimmt, Frau Kommissarin. Ich wüsste es aber trotzdem gerne.«

»Gulasch«, antwortete Franziska einsilbig, als es an der Tür läutete.

»Polizei«, hörte Jana einen Mann sagen, der Sekunden später in der Küchentür stand. Etwas kleiner als sie, schätzte Jana, dafür dürfte sein Outfit ein paar Tausend Euro gekostet haben. Das hatte sie in München, zumindest bei Kriminalbeamten, noch nicht gesehen. Höchstens bei den Gästen eines sehr exklusiven Klubs, den sie einmal dienstlich besuchen musste.

Sie stand auf. »Sie sind von der Kriminalpolizei, Herr ...?«

»Ja.«

»Darf ich bitte Ihren Ausweis sehen?«

Er sah sie herablassend, wie sie fand, an, fummelte aber dann einen Ausweis aus der teuren Lederjacke und hielt ihn ihr hin.

»Würden Sie ihn bitte umdrehen, Herr Kommissar von Reutberger?«

»Warum?«

»Damit ich die Gültigkeit kontrollieren kann.«

»Sind Sie Anwältin, oder was?«

»Nein, gründlich«, antwortete Jana lächelnd. »Was kann ich denn für Sie tun?«

»Mir erklären, warum Sie nicht auf mich gewartet haben.«

»Ihre beiden Beamten vor Ort meinten, sie kämen entweder heute Nachmittag vorbei oder würden mich anrufen.«

»Und wer soll das gewesen sein?«

»Ein älterer Polizeiobermeister und ein jüngerer Polizeimeister.«

»Woher wissen Sie denn die Dienstgrade?«

Jana sah ihn schräg an und summte ›Weißt du, wie viel Sternlein stehen‹.

Kommissar von Reutberger lief rot an und sagte: »Was genau haben Sie am Fundort gemacht?«

»Der Hund meiner Gastgeber, mit dem ich joggen war, hat angeschlagen. Ich bin ihm in den Wald gefolgt, und nachdem ich einen unangenehmen Geruch wahrgenommen hatte, habe ich vorsichtig ein wenig Laub zur Seite bewegt und eine menschliche Hand freigelegt. Danach sind Melitta und ich zu den Haberers gelaufen und haben Sie verständigt.«

»Melitta?«

»So heißt der Hund.«

»Und sonst haben Sie nichts gemacht?«

»Ich wollte den Tatort nicht weiter kontaminieren.«

Er sah sie skeptisch an.

»Sitzen Sie in Lörrach?«, fragte Jana.

Reutberger nickte.

»Ich komme gerne vorbei und gebe das wenige, was ich gesehen habe, zu Protokoll.«

»Na gut, kommen Sie bitte Montagvormittag vorbei«, meinte Reutberger und wandte sich zum Gehen. Schon in der Tür drehte er sich noch einmal um: »Danke für Ihre Zeit.«

»Gern geschehen.«

Als sich die Tür hinter ihm geschlossen hatte, prustete Martin los: »Was für ein Schnösel!«

Franziska blieb ernst: »Warum hast du ihm nicht gesagt, dass du Polizistin bist?«

»Martin hat es ja schon gesagt: Weil er ein Schnösel ist. Habt ihr seine Klamotten gesehen?«

»Was ist denn mit seiner Kleidung?«

»Die Lederjacke kostet um die 3000 Euro, die Hose um die 500 und die Schuhe 800. Letztere waren nicht einmal angeschmutzt. Wahrscheinlich hat er Gummistiefel im Wagen. Es gibt Typen, die ich nicht mag, und er gehört dazu.«

»Woher weißt du, was seine Kleider kosten?«, wollte Martin wissen.

»Weil ich in München ermittle und weil dort jede Menge Männer und Frauen herumlaufen, die zwei Monatsgehälter von mir spazieren tragen.«

Er sah sie entgeistert an und grinste.

Sie zuckte mit den Schultern. »Ich mag meinen Job, auch wenn nicht immer alles so läuft, wie ich es mir vorstelle. Ermittlungsarbeit ist oft ermüdend, aber mit Logik, Durchhaltevermögen und manchmal eben Glück kann man den Schuldigen finden. Alles Weitere machen die Gerichte.«

Franziska lächelte. »Das hast du gut gesagt. Ich glaube, wir haben uns jetzt alle einen Happen zu essen verdient.«

»Wo sind denn Eva und Lena?«

»Lena ist in Freiburg und hilft auf dem Münstermarkt aus, Eva ist bei einem Freund.«

»Ihr wolltet mir doch noch etwas erzählen.«

»Das können wir beim Essen.«

Als sie beim Gulasch saßen, fragte Jana nach dem ersten Schluck Spätburgunder: »Was hat es denn mit männlichen Leichen in dem verträumten Stopfingen auf sich?«

Martin kratzte sich hinter dem Ohr: »Da müssen wir eine ganze Weile in der Geschichte zurückgehen. Stopfingen war zu Beginn des Zweiten Weltkriegs von den Franzosen durch Artilleriebeschuss zerstört worden und wurde danach als nationalsozialistisches Musterdorf neu aufgebaut. Natürlich gab es dadurch einen Haufen Nazis am Ort, die von den Segnungen aus Berlin profitierten.«

»Und was hat das mit unserem Fall zu tun?«

»Unserem Fall?«, warf Franziska lächelnd ein.

»Also gut, dem neuen Toten.«

»Geduld, Frau Kommissarin«, erwiderte Martin. »Nach dem Krieg lief es hier wie an vielen anderen Orten: Denjenigen, die Dreck am Stecken hatten, gelang es oft, von den französischen Besatzern Persilscheine zu bekommen, damit sie ihr schmutziges Spiel weiterspielen konnten.«

Jana nickte ihm zu.

»Heinrich Wagner war einer der Schlimmsten. Er war Kreisbauernführer unter den Nazis, hat es geschafft, zu verhindern, dass manche Bewohner ihren Besitz zurückbekamen, und hat sich jede Menge Land unter den Nagel gerissen. Nach dem Krieg gelang es ihm, die Franzosen zu überzeugen, dass er nur zum Besten seiner Mitbürger gehandelt hatte und ihnen helfen könnte, wieder eine funktionierende Landwirtschaft aufzubauen. Er wurde als Mitläufer eingestuft und durfte seinen Grundbesitz behalten.«

»Er war aber ein Schwein«, fiel Franziska ihrem Mann ins Wort. »Nach allem, was ich gehört habe, hat er Menschen erpresst und Frauen vergewaltigt. Er hat seine Macht vor und nach dem Krieg auf das Widerlichste ausgenutzt.«

»Das ist alles unbewiesen«, erwiderte ihr Mann. »Das sind Gerüchte. Niemand hat sich je die Mühe gemacht, da genau nachzuforschen, nachdem er ermordet worden war.«

»Ermordet?«, fragte Jana.

»Ermordet. Er wurde praktisch genau da gefunden, wo du heute deine Leiche gefunden hast. 1964. Mit einem Draht erdrosselt, unter Laub begraben.« Er sah seine Frau an.

Sie nickte: »Sie findet es sowieso heraus.«

»Man hatte ihm die Hoden abgetrennt. Sie wurden nie gefunden.«

Jana blieb völlig ruhig, was die Kellers erstaunte. »Gab es Verdächtige?«

Martin atmete hörbar ein: »Viele. Der alte Wagner hat seine Macht ausgeübt und das genossen. Ich möchte nicht wissen, wie viele Ehefrauen und Töchter mit ihm geschlafen haben, um den Besitz der Familie zu erhalten oder die Sicherheit von Ehemann und Vater. Es ist nie bewiesen worden, aber etliche Kinder, die zwischen 1940 und 1950 geboren wurden, dürften Wagner zum Vater haben, auch wenn das nie offiziell wurde. Er war zudem die treibende Kraft, dass die Familie Armbruster von den Nazis ermordet wurde. Sie hatte eine Zeit lang ein jüdisches Mädchen versteckt.«

»Gibt es irgendeinen bekannten Fall von Vaterschaft? Hat nach dem Krieg irgendeine Frau ihn versucht, wegen Vergewaltigung zu belangen?«

»Jana, direkt nach dem Krieg hat nicht nur er bald weitergemacht, wo er im Mai 1945 aufgehört hatte, da haben auch die Franzosen Mädels in ihren Jeep gezogen.«

»Die Frauen haben das einfach hingenommen«, ergänzte Franziska. »Es hätte ihnen keiner geglaubt.«

»Das heißt, das Ganze ist im Sand verlaufen.«

»Es gab für damalige Verhältnisse einen Riesenwirbel, aber letztendlich wurden die Ermittlungen eingestellt. Wie heißt das heute so schön: Cold Case.«

»Sprich: Vor bald sechzig Jahren wurde dort eine männliche Leiche gefunden mit einer besonderen Verstümmelung. Die Wahrscheinlichkeit ist hoch, dass der Getötete selbst ein Täter war. Warum hat euch denn der Leichenfund so schockiert, wenn er so lange Zeit zurückliegt?«

»Es war nicht der einzige«, kommentierte Franziska trocken.

»Ehrlich?«

»Der alte Wagner hatte einen Sohn, den 1930 geborenen Adolf Wagner.«

»Wie alt war der Vater, als er ermordet wurde?«

»58«, antwortete Martin. »Er war Jahrgang 1906.«

»Warum wisst ihr so viele Details über diese Sache?«

»Martin weiß das, ich kenne nur die grobe Geschichte.«

»Ich bin von hier«, fuhr Martin fort, sein Alemannisch jetzt deutlich prononcierter. »Mein Vater, mein Großvater, mein Urgroßvater haben diesen Hof bewirtschaftet. Die Wagners waren eine Plage für jeden Christenmenschen in diesem Dorf. Das brennt sich ins Hirn ein, wenn du verstehst, was ich meine.«

Jana nickte. »Ich verstehe. Wenn er einen Sohn hatte, war er dann verheiratet?«

»Ja, aber die Frauen der Wagners sind eine andere Geschichte.«

»Und wie ging es mit dem Sohn weiter?«

»Der Apfel fiel nicht weit vom Stamm. Er war ein brutaler Leuteschinder und Raufbold, zugleich ein bauernschlauer Geschäftsmann. Er hat die Geschäfte des Vaters, also die Landwirtschaft, weitergeführt und ausgebaut, hat Weinberge zugekauft und die Tochter eines wohlhabenden Eisenwarenhändlers aus Weil am Rhein geheiratet.«

»Und dann?«

»Er hat, wie schon sein Vater, getrunken und war gewalttätig. Es gab Anzeigen, aber er ist immer vor Gericht mit Bewährung oder Geldstrafen davongekommen. Manche Anzeigen wurden zurückgezogen, ob es Drohungen gab oder Geld floss, weiß ich nicht. Du weißt ja, wie es ist auf dem Dorf. Jeder weiß etwas und keiner spricht darüber.«

»Und wann ist er ermordet worden?«

»1996.«

»Und wie?«

»Genauso wie sein Vater und fast an derselben Stelle.«

»Und auch mit ...«

»Ja, ohne seine Männlichkeit, die er, wie sein Vater, reichlich an die Frau zu bringen versucht hat.«

»Das ist jetzt zumindest keine dreißig Jahre her. Gab es denn da irgendwelche Erkenntnisse zum Täter oder der Täterin?«

»Ehrlich gesagt«, antwortete Martin, »weiß ich das nicht. Natürlich war das lokal wieder ein Riesending, aber die Ermittlungen zogen sich hin und wie so oft: Am Ende interessierte sich niemand, einschließlich der Presse, dafür, was herausgekommen war. Ich denke, auch hier sind die

Ermittlungen im Sand verlaufen. Es gab zu wenig verwertbare Spuren.«

Der Fall, wenn es denn einer war, begann Jana zu interessieren, gerade im Licht neuer Möglichkeiten der DNA-Analyse, aber sie behielt diese Gedanken für sich. Schließlich war sie im Urlaub und wollte abschalten. Laut sagte sie: »Ich bin gespannt, was der junge Mann und seine Leute zu unserem heutigen Leichenfund herausfinden. Aber eigentlich geht mich das ja alles gar nichts an. Ich bin hier, um Urlaub zu machen.«

»Ich befürchte nur«, kommentierte Franziska Keller, »es wird dich nicht loslassen.«

Sie verbrachte den Nachmittag im Schatten einer Buche, dem einzigen Baum in dem großen Garten der Familie Keller. Sie beobachtete Bienen und Hummeln, die sich an Sonnenhut, Dahlien, Lavendel und Malven gütlich taten, und las Gedichte von Emily Dickinson. Plötzlich berührte jemand, den sie nicht hatte kommen hören, ihre Schulter und setzte sich neben sie auf die altersschwache Bank.

»Schon zurück aus Freiburg?«, fragte sie Lena.

»Ich bleibe nicht bis zum Ende, der große Ansturm ist eher am Vormittag und der Markt schließt um 13:30 Uhr.«

»Bist du gerne auf dem Markt?«

»Ich mag die Leute, viele kenne ich, Papa kennt fast alle. Es macht Spaß, mit den Leuten zu reden, und wir haben gute Produkte.«

»Aber darüber möchtest du nicht mit mir sprechen.«

Lena lachte: »Du bist tatsächlich eine Detektivin. Warum bist du eine geworden?«

»Weißt du, nach meinem Abi wusste ich nicht, was ich machen sollte. Ich war mit einem katholischen Freiwilligendienst ein Jahr in Ecuador und habe an einer Schule Deutsch und Sport unterrichtet, aber Lehrerin wollte ich nicht werden. Auf Studieren hatte ich nach dreizehn Jahren Schule auch keine Lust. Radio oder Fernsehen hätte mich gereizt, aber da brauchst du Glück oder Beziehungen, um etwas zu werden. Bei einer Ausbildungsmesse lernte ich einen Typen von der Presseabteilung des Polizeipräsidiums kennen. Ich fand ihn ehrlich und sympathisch und wir haben uns ein paar Mal in Schwabing auf Tapas oder ein Glas Wein getroffen.« Sie lächelte. »Mario war ein großer Spanienfan. Ich war mit ihm später mal zwei Wochen in Asturien.«

»Und wegen ihm bist du zur Polizei gegangen?«

»Durch ihn habe ich andere Leute kennengelernt und am Ende habe ich mich beworben und bin genommen worden.«

Lena ließ ihren Blick über den Garten schweifen. »Macht es Spaß?«

Jana zögerte mit der Antwort. »Mal mehr, mal weniger. Es gibt viele Frauen im Polizeidienst, aber man wird dich immer fühlen lassen, dass es eine Männerwelt ist. Es ist schwierig, sich nicht anzupassen und seine eigenen Werte zu behalten, gerade im Umgang mit anderen Menschen. Aber ich finde, es ist es wert. Warum willst du das wissen?«

»Weil ich noch nicht weiß, was ich nach meinem Abitur tun soll.«

»Ist Polizeidienst eine Option?«

»Eine von vielen.«

»Davon hattest du neulich abends gar nichts erzählt. Komm ein paar Tage nach München. Da kannst du mit ein paar Leuten sprechen, die dir ehrlich und ungeschminkt erzählen, worum es bei uns geht.«

»Ist das ein Angebot?«

»Ja klar.«

»Aber erzähl den Eltern nichts davon.«

»Warum?«

»Ich glaube, das deckt sich nicht so mit ihren Vorstellungen.«

»Das tut es nie«, lachte Jana.

Sie saßen noch eine Weile beieinander, kurz nach fünf rief Franziska ihre Tochter zu sich.

Jana hatte etwas später eine Idee und wählte die Nummer von Wolfgang Aspro auf ihrem Handy.

»Buona sera, Professore.«

»Muss ich jetzt raten, wer da anruft?«

Jana lachte. »Versuchen Sie es doch einfach.«

»Wir kennen uns, oder?«

»Ist schon ein Weilchen her.«

»Bekomme ich einen Tipp?«

»Sie kennen meine Mutter.«

Das Telefon schwieg einen Moment.

»Jana Vecera.«

»Stimmt.«

»Was verschafft mir die Ehre?«

»Ich verbringe ein paar Urlaubstage in Stopfingen und würde Sie gerne wiedersehen.«

»Aber gerne. Wann möchten Sie denn vorbeikommen?«

»Haben Sie morgen schon etwas vor?«

»Sie meinen, abgesehen vom Sonntagsgottesdienst? Nein.«

»Darf ich vorbeischauen?«

»Darf ich Sie zum Mittagessen einladen?«

»Ich höre mich nicht ›Nein‹ sagen.«

Sie hörte ihn lachen. »Dann kommen Sie doch gegen halb zwölf bei mir auf einen Aperitif vorbei. Danach gehen wir essen. Meine Adresse haben Sie, oder?«

»Konviktstraße, oder?«

»Ja, sicher. Ich freue mich. Bis morgen.«

Sie freute sich darauf, Wolfgang Aspro wiederzusehen. Er war ein weiterer Bergfreund ihrer Mutter, ein katholischer Geistlicher, der in Freiburg viele Jahre lang Kirchengeschichte des Mittelalters und der Neuzeit gelehrt hatte. Aspro war Südtiroler und ein drahtiger, braun gebrannter Mann, immer gut für einen Scherz.

Beim Abendbrot, als Tomaten, Trauben, Käse aus der Region und Schwarzwälder Schinken vom örtlichen Metzger auf dem Tisch standen, meinte Martin Keller: »Du fragst ja gar nicht weiter, Jana.«

Bevor seine Frau ihm in die Parade fahren konnte, antwortete Jana: »Ich denke, wir sollten das alles erst einmal sacken lassen. Machen kann ich hier sowieso nichts – es ist nicht mein Revier. Wenn du Lust hast, würde ich morgen gerne etwas mehr über das Dorf erfahren. Dabei interessiert mich die Vergangenheit so viel wie die Gegenwart.«

»Darauf trinken wir«, ergänzte Franziska.

»Was machst du denn morgen?«, wollte Eva wissen, die sich zum familiären Abendessen hinzugesellt hatte.

»Ich besuche einen Bekannten meiner Mutter in Freiburg. Er war Professor für Kirchengeschichte.« Sie lächelte Eva an. »Und ich mag ihn.«

4. Sonntag

Jana wachte, Sonntag oder nicht, wieder kurz nach halb acht auf. Der Blick in den Himmel bei geöffnetem Fenster versprach einen schönen, nicht zu heißen Sonntag, und sie entschloss sich, Leiche hin, Leiche her, zu einem erneuten Lauf in die Umgebung. Das Haus war still, sie vermutete, nachdem sie noch keine Glocken gehört hatte, dass der Sonntagsgottesdienst in Stopfingen zu einer familienfreundlichen Zeit angesetzt war.

Kaum war sie die Treppe ins Erdgeschoss hinuntergeschlichen, kam aus der Küche Melitta angetappst. Wenn sie nicht wüsste, dachte sich Jana, dass Hunde nicht grinsen können, glaubte sie, ein Grinsen an ihr zu entdecken. Sie deutete mit einem Finger an ihren Lippen Stillschweigen an. Der Hund schien zu nicken. Jana drehte den Schlüssel in der Tür um und öffnete sie vorsichtig. Hund und Kommissarin schlichen sich hinaus und begannen zu laufen.

Die morgendliche Kühle war angenehm, auf den Straßen und in den Gärten war niemand zugange. Als sie vor der Kirche abbogen, kam ihnen eine ältere Frau entgegen, die einen Dackel spazieren führte und sie verschreckt ansah. Kurz vor dem Anwesen der Haberers schwänzelte Melitta deutlich nervöser hin und her und sprang, kaum dass das Haus in Reichweite war, auf den Zaun zu, um vernehmlich zu bellen. Jana rief: »Melitta, aus!«, aber schon kam eine junge Frau um die hintere Hausecke, zögerte einen Moment und lief dann zügig zum Zaun, um Melittas Kopf zu kraulen.

»Ich hoffe, wir haben Sie nicht geweckt«, meinte Jana, die mittlerweile bei den beiden angekommen war.

»Keine Angst, ich bin eine Frühaufsteherin und schon seit sechs Uhr auf. Du musst Jana sein. Oma hat mir von deinem Leichenfund erzählt.«

Jana dachte einen Moment nach und sagte dann: »Annemarie Haberer, die Künstlerin.«

»Was du alles weißt, Frau Kommissarin. Möchtest du einen Espresso?«

Einen ungestörten Morgenlauf konnte man in diesen Gefilden offenbar nicht absolvieren. Melittas Gesichtsausdruck stellte eine eindeutige Bitte dar.

»Gerne.«

»Dann komm herein.«

Sie gingen durch den Garten in einen Anbau, der eine Mischung zwischen Gewächshaus und Holzbau darstellte und trotz des vielen Glases kühl war.

»Heizt sich das nicht auf?«, fragte Jana.

»Die Bäume spenden Schatten und ich kann Außenrollos herunterfahren.«

Der Raum war spärlich möbliert. Es gab ein paar Rattansessel mit farbigen Kissen, zwei Staffeleien, von denen eine zugehängt war, einen Arbeitsplatz mit zwei großen Computerbildschirmen und ein Stehpult, auf dem die Skizze eines Frauenkopfes lag. Dem ersten Eindruck nach ihre Großmutter.

»Setz dich«, meinte Annemarie Haberer und ging zu einem Regal, auf dem eine Kaffeemaschine stand.

Jana ließ sich in einen der Korbsessel fallen, Melitta strich durch den Garten. Die Sonne warf einzelne Strahlen durch das gläserne Dach, die sich auf unterschiedlichen Gläsern und kleinen Skulpturen spiegelten. Auf der nicht verdeckten Staffelei sah Jana eine Landschaft in Blau-, Grün- und Rottönen, eine farblich veränderte Realität, die doch die Umgebung wiederzugeben schien.

»Gefällt es dir?«

»Ich mag die Farben, aber es ist ja noch nicht fertig.«

»Warum glaubst du das?«

»Da fehlt Spannung.«

Annemarie legte den Kopf zur Seite, blickte auf ihr Bild und sagte nachdenklich: »Da könntest du recht haben.«

Beide nahmen keinen Zucker in ihren Espresso und tranken langsam einen ersten Schluck.

»Schon komisch«, meinte die junge Künstlerin. Da kommst du her, um Urlaub zu machen, und stolperst in einen Kriminalfall.«

»Denkst du, es ist ein Kriminalfall?«

»Den hat man doch nicht zufällig genau da abgelegt.«

»Du weißt von den anderen beiden?«

»Das weiß hier jedes Kind, auch wenn es vor meiner Zeit geschah.«

»Hast du eine Meinung zu den ersten beiden Fällen?«

Annemarie blickte auf den Garten. »Nein.«

»Weil es deine Mutter und Großmutter betrifft?«

Sie schüttelte den Kopf. »Nein, weil man uns immer irgendwelchen Unfug unterstellt hat. Die ›Hexen‹ vom

Tüllinger. Lachhaft. Die Idioten hier können sich einfach nicht vorstellen, dass drei Frauen glücklich zusammenleben können.«

»Wo kommt dieser Unfug denn her?«

»Uroma Hiltrud war eine einfache Frau, die durch die Förderung ihres Onkels Bernhard Schulz, eines Priesters, Hebamme wurde und von ihm in die Naturheilkunde eingeführt wurde. Das war den Leuten Anfang letzten Jahrhunderts unheimlich und so war schnell der Begriff der ›Hexe‹ geboren.«

»Und das hat sich bis heute gehalten?«

»Nur bei den alten Sauf- und Sturköpfen. Meine Oma Anna wuchs auch bei Onkel Berni auf, wurde auch Hebamme und setzte sich, angeleitet von ihrem Großonkel, intensiv mit Naturheilkunde und Homöopathie auseinander. Sie hat vielen Menschen hier geholfen. Und trotzdem wurde sie als Hexe verschrien. Vor allem von diesem Typen, den man als ersten umgebracht hat.«

»Heinrich Wagner.«

»Hast du Ermittlungen aufgenommen?«

»Nein, aber ich bin neugierig, Annemarie, sonst wäre ich nicht Polizistin geworden. Mich interessiert, warum Menschen so handeln, wie sie handeln.«

In diesem Moment öffnete sich die Tür und Anna Haberer betrat den Raum.

»Oma.« Annemarie war aufgestanden und umarmte die alte Frau.

»Ein früher Besuch?«

»Eigentlich wollte ich vorbeilaufen, aber dann ...«

»... hat Melitta Anne herausgebellt. Verstehe. Bekomme ich auch einen von deinen ungesunden Kaffees?«

»Espresso oder etwas anderes?«

»Klein, schwarz und stark. Wenn schon, denn schon.«

Sie drehte sich um und machte erneut die Tür des Anbaus auf. »In der Früh«, wandte sie sich an Jana, »nimmt man den Duft der ganzen Blumen am intensivsten wahr.« Sie blickte auf ihre Hände. »In ein, zwei Monaten dann den Geruch des Todes, wenn sie sterben, um ein paar Monate später neues Leben hervorzubringen.«

Jana trank den letzten Schluck Espresso und stellte die Tasse zurück auf den Tisch.

»Warum sind Sie geblieben, wenn man Sie alle seit bald einem Jahrhundert als Hexen verschreit?«

Die alte Frau nahm ihrer Enkelin die kleine Espressotasse aus der Hand.

»Sie werden das nicht verstehen, aber wir sind hier zu Haus, das Haus und der Grund gehören uns, auch ein großer Teil des Waldes, in dem die Leichen gefunden wurden. Außerdem ...«, jetzt lächelte sie verschmitzt, »ist die Hexe in der alemannischen Fasnet eine durchaus widersprüchliche Figur. Manche halten sie für das Andenken an eine hilfsbereite und mutige Frau, die die Obrigkeit in ihrer Unabhängigkeit nicht dulden wollte. Nichts anderes waren meine Mutter und ich selbst – auch in schwierigen Zeiten.«

»Möchten Sie mir in den nächsten Tagen einmal mehr darüber erzählen?«

»Interessiert Sie das wirklich?«

Jana spielte mit ihrer Unterlippe und warf einen Blick auf ihre Smartwatch, die sie dieses Mal nicht vergessen hatte. »Ja, es interessiert mich wirklich, das Mutige wie das Ungewöhnliche hat mich schon immer angezogen. Aber ich muss jetzt wieder los, denn ich bin am späten Vormittag in Freiburg verabredet.«

»Mit einem Kollegen?«

»Die Kollegen hier wissen gar nicht, dass ich Kollegin bin. Mit einem Priester.«

Annemarie Haberer schaute ungläubig, ihre Großmutter lachte glucksend: »Na dann, Gott befohlen, mein Kind.«

Nachdem Jana Melitta VII eingesammelt hatte, liefen sie zehn Minuten weiter durch den Wald, dann kehrten sie um und waren Viertel nach neun wieder am Hof der Kellers. Aus der Küche drang der Duft frisch gebrühten Kaffees, Martin steckte den Kopf durch die Tür und sagte: »Dacht ich es mir doch. Sherlock Holmes kann es nicht lassen.«

»Ein harmloser Morgenlauf, mein lieber Watson.«

Damit stürmte sie die Treppen hinauf und stand kurz darauf unter der Dusche.

Um halb zehn saß sie mit Franziska und Martin am Küchentisch, trank eine Tasse Kaffee und aß langsam ein frisch gebackenes Croissant.

»Nur ein Morgenlauf?« Martin konnte es nicht lassen.

»Einschließlich eines Espressos mit Annemarie Haberer.«

Martin zwinkerte seiner Frau zu. »Siehst du.«

»Martin ...«

»Ich bin ja schon still. Wann willst du nach Freiburg?«

»Nach diesem wunderbaren Croissant.«

»Bist du abends wieder da?«, fragte Martin.

Franziska, die aufgestanden war, um die Kaffeetassen wieder zu füllen, sah ihren Mann streng an.

»Hättest du gerne eine ältere Tochter?«, fragte Jana neckend.

»Gott bewahre.« Martin schlug die Hände über dem Kopf zusammen. »Drei Frauen reichen.«

»Melitta nicht mitgerechnet«, ergänzte Jana.

»Du bist auch schon Teil dieses Komplotts«, brummte Martin und nahm sich ein Croissant.

Kurz nach zehn machte sie sich auf den Weg nach Freiburg. Sie hatte sich entschlossen, der alten B 3 zu folgen. Autobahnen nahm sie in Kauf, wenn es notwendig war, aber sie mochte diese kanalisierten Blechlawinen nicht sonderlich. Wiesen und Felder zogen vorbei, hinter Bad Krozingen erstreckten sich rechts und links Weingärten.

Der Verkehr in Freiburg war entspannt. An diesem schönen Sonntagvormittag verließen deutlich mehr Leute die Stadt, als in sie hineinfuhren. Mit ihrem Mini war ihr sogar in der engen Freiburger Altstadt das Glück hold, und sie fand einen Parkplatz unweit von Wolfgang Aspros Wohnung. Auf der Klingel stand Aspro, kein Professor, kein Doktor.

Es war kurz nach halb zwölf, als sie läutete, und der Summer ertönte Sekunden später. Im zweiten Stock stand ein sonnengebräunter Mann in der geöffneten Tür, dem man nicht ansah, dass er im nächsten Sommer siebzig Jahre alt würde.

»Benvenuto! Es ist lange her, dass Sie mich in meiner Klause besucht haben.«

»Es dürften fast zehn Jahre sein. Umso schöner, wieder einmal hier zu sein.«

Er nahm sie sanft in die Arme, zog sie in einen hellen Flur, an dessen Wänden zahlreiche kleine, moderne Grafiken hingen, und wies den Weg in ein großzügiges Wohnzimmer.

»Also Urlaub zwischen Schwarzwald, Basel und dem Elsass. Wie kommt eine Münchner Kriminalkommissarin auf so eine Idee?«

»Die Berge.«

Er sah sie verständnislos an, und sie lachte leise.

»Sie sind nicht der einzige Bergfreund meiner Mutter in dieser Ecke Deutschlands. Andere haben einen Obstbaubetrieb in Stopfingen, und dort habe ich eine temporäre Heimat gefunden.«

»Ausspannen?«

»Ausspannen, etwas hinter mir lassen, wieder ins Laufen kommen. Aber ja, vor allem mit lieben Menschen sein.«

»Guter Plan. Darf ich einen Aperitif kredenzen?«

»Nichts zu Starkes, bitte. Ich muss noch Auto fahren.«

»Ein Glas trockener Sherry?«

»Gerne.«

Er kam mit zwei kleinen Gläsern zurück, und als sie anstießen, meinte er: »Sollten wir uns nicht duzen? Alt genug wären wir.«

Jana musste lachen. »Gerne.«

»Na dann, Salute, Jana.«

»Salute, Wolfgang.«

Er setzte sich ihr gegenüber auf einen mit einem Stoff voller bunter Papageien bespannten Sessel. »Was willst du denn hinter dir lassen?«

»Ist das der Beichtvater?«, wollte sie lächelnd wissen.

»Höchstens der neugierige Onkel ehrenhalber, als den mich deine Mutter einmal betitelt hat. Sonst müsste ich eine Stola umlegen.«

»Mir geht mein letzter Fall nach. Da gab es Punkte, da war ich nicht mit mir im Reinen. Wir haben einen Täter, aber wir kommen nicht an ihn heran, wir haben zwei

Idioten, die unbewusst einen Tod herbeigeführt haben, aber durch das Geld und die Macht eines Vaters der Justiz durch die Lappen gegangen sind.«

Wolfgang Aspro nippte an seinem Sherry. »Versteh ich durchaus. Andererseits finden wir Gerechtigkeit nur bei Gott.«

»Weißt du, das sage ich mir in solchen Fällen auch. Aber es bleibt trotzdem ein nagendes Gefühl zurück.«

»Ich weiß«, er blickte nachdenklich das Glas in seiner Hand an. »Ich weiß.«

»Du bist doch Zeitgeschichtler, oder?«

»Na ja, ich habe dreißig Jahre lang Kirchengeschichte gelehrt. Mittelalter und Neuzeit waren mein Forschungsgebiet.«

»Kennst du dich mit dem Nationalsozialismus aus?«

»Wenn du dich mit der Neuzeit befasst, kommst du um diese Unzeit nicht herum, warum?«

»Kannst du mir ein wenig über die Nazizeit hier in Freiburg oder generell im Südwesten Badens erzählen?«

Ein Lächeln umspielte seinen Mund. »Wann bist du hier angekommen?«

»Freitag.«

»Und du wohnst in Stopfingen, sagtest du am Telefon.«

»Richtig.«

»Und jetzt hast du einen alten Fall entdeckt und recherchierst, anstatt dich zu erholen.«

Sie sah ihn perplex an. »Ich glaube, du hättest keinen schlechten Kriminalisten abgegeben«, meinte sie dann.

»Man muss kein Kriminalist sein, um eins und eins zusammenzuzählen.« Er warf einen Blick auf seine Armbanduhr. »Wir sollten zum Essen aufbrechen. Ich habe einen Tisch für uns in einem kleinen Restaurant reserviert, das im wahrsten Sinne des Wortes ein Lichtblick in der Freiburger Gastronomie ist. Beim Essen erzähle ich dir gerne ein wenig mehr.«

Sie gingen zusammen ein kurzes Stück durch die Freiburger Altstadt, die die Wärme deutlich stärker speicherte als Stopfingen, wo stets ein leichter Wind wehte. Im Lokal wurden sie freundlich begrüßt, man hatte ihnen, ob der Temperaturen, einen Tisch im Innenraum am Fenster, aber klimatisiert, reserviert.

»Möchtest du mir die Auswahl überlassen?«, fragte Wolfgang Aspro.

»Gerne. Ich bin kulinarisch unkompliziert.« Sie zwinkerte Aspro zu. »Allerdings bin ich eng mit einem Koch erster Güte befreundet.«

»Dann wird dich Peter sicher nicht enttäuschen.« Zu der Kellnerin meinte er: »Wir beginnen mit eurem Carpaccio. Dazu bitte ein Glas Sekt vom Wassmer.«

Als sie gegangen war, sagte Jana: »Du wolltest mir von der Nazizeit in Freiburg erzählen.«

»Gegenfrage: Was treibt dich um?«

»Ich vermute einmal, du weißt von den unaufgeklärten Morden in Stopfingen.«

»Das ist hier in der Gegend Allgemeingut. Zumal die Zurichtung der Toten außergewöhnlich grausam war.«

»Du meinst ...«

»Ja.«

Sie dachte kurz nach. »Ich habe gestern bei meinem Morgenlauf einen weiteren Toten entdeckt, der quasi an derselben Stelle wie die anderen beiden abgelegt wurde.«

Wolfgang Aspro faltete die Hände und blickte für einige Sekunden auf den Tisch. »So ermordet wie die vorherigen?«

»Das weiß ich nicht. Ich mache hier Ferien und habe keine Jurisdiktion. Der zuständige Beamte ist außerdem nicht sonderlich entgegenkommend.«

Bevor er antworten konnte, brachte die Kellnerin das Carpaccio und erkundigte sich nach ihren Wünschen für das Hauptgericht.

»Fleisch, Fisch oder vegetarisch?«, erkundigte sich Aspro bei Jana.

Sie zuckte mit den Schultern. »Was empfiehlst du?«

»Gibt es schon die ersten Pfifferlinge aus dem Schwarzwald?«, erkundigte er sich bei der Kellnerin.

»Gewiss«, meinte die. »Wir haben ein Rinderfilet mit Pfifferlingen auf der Speisekarte.«

Aspro sah Jana an, und als sie nickte, meinte er: »Das Filet, bitte. Und dazu eine halbe Flasche von eurem Pinot Noir Reserve.«

Beim Carpaccio nahm Aspro den Faden wieder auf: »Wie in anderen Diözesen kam auch hier das katholische Leben stark unter den Einfluss der Nazis. Der damalige Erzbischof Conrad Gröber gilt manchen noch heute als ›brauner Conrad‹.« Er trank einen Schluck Sekt. »Ich sehe das ein wenig differenzierter. Er war zum einen nie Mitglied der NSDAP, zum anderen hat er versucht, das Schiff der Kirche durch eine schwierige Zeit zu steuern. Die Kirche hat, zumindest in Teilen, vielen, die von den Nazis bedroht wurden, geholfen. Es gab aber, das kann man nicht bestreiten, auch unter den Katholiken etliche fanatische Nazis, die sehr viel Unheil angerichtet haben.«

Er widmete sich ein wenig mehr seinem Carpaccio.

»Im März 1933 wurde die geschäftsführende badische Regierung durch den Reichskommissar Robert Wagner entmachtet. In der Folge wandten sich bedauerlicherweise viele dem Nationalsozialismus zu. Die Leute sprechen heute von den ›Märzgefallenen‹.«

Jana wischte das auf ihrem Teller verbliebene Olivenöl mit einem Stück Weißbrot auf. »Bist du näher mit den beiden Morden vertraut?«, wollte sie wissen.

»Das liegt außerhalb meines Interessengebietes, Jana«, meinte er. »Ich habe mich nie sonderlich mit Regional- oder Lokalgeschichte befasst. Die Quellenlage ist da häufig düster.«

»Aber du weißt, dass Heinrich Wagner ein Nazi war?«

»Sicher. Er war Kreisbauernführer und hat seine Macht erbarmungslos ausgenutzt. Er hat die beschützt, an denen ihm gelegen war, und er hat die ausgeliefert, die er gerne loswerden wollte.« Er schob nachdenklich seinen Teller zur Seite. »Niemand hat ein solches Schicksal verdient, Jana, aber Rache scheint mir etwas zu sein, was uns Menschen nicht loslässt. Alle großen Menschheitserzählungen, einschließlich des Alten Testaments, spiegeln diesen menschlichen Wesenszug wider.«

Die Kellnerin räumte ihre Teller ab und stellte jedem einen Teller mit Rinderfilet, Pfifferlingen und Pommes dauphine auf den Tisch. Ein junger Mann brachte eine halbe Flasche Rotwein und schenkte ein.

»Könnte ich bitte einen grünen Salat dazu haben?«, bat Jana.

»Selbstverständlich.«

»Kennst du das zweite Opfer?«

»Ich weiß nur, dass er der Sohn vom alten Wagner war. Wenn du mehr darüber erfahren möchtest, kann ich dich gerne mit einem alten Freund zusammenbringen, der sich da bestens auskennt.« Er schob ein Stück Filet in den Mund.

»Und wer wäre das?«

»Der ehemalige Chef der Freiburger Kriminalpolizei.«

Jana wandte sich dem Rinderfilet zu, als ihr grüner Salat auftauchte, und meinte dann: »Wen du so alles kennst.«

»In meiner Generation«, antwortete Wolfgang Aspro lächelnd, »lernte man in der Kirche noch Gott und die Welt kennen.«

Als die Kellnerin zum Abräumen kam, fragte ihr Gastgeber: »Wollen wir den Espresso bei mir nehmen?«

»Gerne.«

Sie schlenderten die wenigen hundert Meter zurück zu seiner Wohnung, wo sich Wolfgang Aspro an einer Espressomaschine zu schaffen machte, der man ihr ehrwürdiges Alter ansah.

»Wo hast du die denn her?«, wollte Jana wissen.

»Die habe ich anno 1979 bei meinem Freisemester an der Gregoriana in Rom gebraucht gekauft und in Ehren gehalten.«

Nachdem er den Espresso gebraut und sie sein Angebot eines Grappas mit Bedauern und dem Verweis auf ihren Mini abgelehnt hatte, meinte er: »Ich verstehe deine Neugierde und du solltest E. O. Hansen kennenlernen. Er ist ein Kriminalist alter Schule, ein wohlmeinender Jurist und ein Kenner französischer Literatur. Du wirst ihn mögen. Du solltest dir aber nicht deinen Urlaub verderben lassen. Bisweilen muss man die Seele baumeln lassen.«

Wenig später saß sie wieder in ihrem Wagen und machte sich auf den Weg. Sie fuhr so zurück, wie sie gekommen war, in Gedanken bei den ungeklärten Morden, zu denen ihr Wolfgang Aspro nichts Neues hatte sagen können.

Vielleicht sollte sie loslassen und die Lösung des neuen Falles dem örtlichen Kollegen, egal wie unsympathisch sie ihn fand, überlassen. Wolfgang hatte schon recht: Sie war ins Dreiländereck gekommen, um Freunde zu treffen und den Stress der letzten Wochen hinter sich zu lassen. Kurz nach vier parkte sie auf dem Hof der Kellers, das Haus schien sich im Tiefschlaf zu befinden, als sie mit ihrem Schlüssel die Haustür öffnete, kam nicht einmal Melitta gelaufen. Es war angenehm kühl und Jana ließ sich aufs Bett fallen und war kurz darauf eingeschlafen.

Als es vor ihrer Tür bellte und sie einen Blick auf ihre Armbanduhr warf, wurde ihr klar, dass sie über zwei Stunden geschlafen hatte und trotzdem nicht wach war. Sie öffnete die Tür, ließ Melitta hinein und tauschte mit ihr Liebkosungen aus. Als es wenig später klopfte, stand Eva in der Tür und meinte: »Na, Schlafmütze. Mama trommelt zum Abendessen in den Garten.«

»Ich ziehe mir nur schnell etwas anderes an«, meinte Jana und saß kurz nach halb sieben mit der Familie an einem reichlich gedeckten Gartentisch.

»Wie war es in Freiburg?«, wollte Martin wissen.

»Warm«, antwortete Jana, was allgemeine Heiterkeit auslöste.

»Und sonst?«

Sie bediente sich erst einmal bei den Salaten, die auf dem Tisch standen, und antwortete dann: »Wolfgang hat mir ein wenig mehr zu Südbaden im Nationalsozialismus erzählt.«

Martin sah sie nachdenklich an. »Der Nationalsozialismus ist nur ein Aspekt bei den beiden Drecksäcken.«

»Martin!« Franziska war nicht begeistert von der Ausdrucksweise ihres Mannes.

»Manchmal muss man das Kind beim Namen nennen, Franzi. Der alte Wagner und sein Sohn haben viel Unheil angerichtet.«

Jana hielt ihm ihr Glas hin, damit er ihr einen Schluck Weißwein eingießen konnte.

»Mich würden im Moment eure Hexen mehr interessieren.«

Martin fuhr sich mit beiden Händen durch das Haar. »Das ist eine lange Geschichte. Sie beginnt im engeren Sinn mit Hiltrud Haberer.«

»Das ist Annemaries Urgroßmutter.«

Er lachte leise. »Genau. Und mit ihr beginnt das, was man hier scherzhaft, oder für manche ernsthaft, die ›Hexen‹ nennt.«

»Das mit den Hexen glaubt doch kein Mensch ernsthaft«, warf Lena ein.

»Du wärst überrascht, mein Mädchen, was so manche in diesem Dorf glauben.«

»Was hatte es denn mit dieser Hiltrud Haberer auf sich?«, fragte Jana.

»Sie war das uneheliche Kind einer Dienstmagd. Nicht, dass das damals ungewöhnlich war. Sie wurde mitten im Ersten Weltkrieg geboren. Ihre Mutter starb, als sie sieben war, an der Schwindsucht.«

Jana sah ihn fragend an und er fuhr fort: »Tuberkulose. Sie wuchs bei einem Onkel auf, der zu diesem Zeitpunkt Kaplan und später Pfarrer im oberen Wiesental war. Er war zudem Lokalhistoriker, Naturforscher und Homöopath. Das ging damals alles.«

Er trank einen Schluck Wein und widmete sich wieder dem Abendessen.

»Das klingt alles weit weg«, bemerkte Eva.

»In mancher Hinsicht ja«, antwortete ihr Vater. »Andererseits, wenn ich mir das gegenwärtige politische Klima anschaue ...«

»Wie ging es denn mit Hiltrud weiter?«

»Sie kam 1936 im Alter von zwanzig Jahren durch Zufall in den Dienst eines hiesigen Adelshaushalts. Vorher hat sie ihrem Onkel den Haushalt geführt.«

»Woher weißt du das alles, Papa?«, wollte Lena wissen.

»Weil es eine ›der‹ Geschichten in diesem Dorf ist. Weil jeder meint, etwas dazu erfinden zu müssen. Und weil es auch heute noch eine lehrreiche Geschichte über Macht und deren Missbrauch ist.« Er lächelte. »Vor allem aber, weil es mir mein Opa erzählt hat.«

Eva setzte an, etwas zu sagen, schwieg dann aber nach einem Blick ihrer Mutter.

»Und dann?«, fragte Jana.

»Sie blieb im Dienst der ...«

»... Familie von Gutzkow«, ergänzte seine Frau. »Du darfst es ruhig sagen. Es ist für deine Töchter gut, das eine oder andere über unsere Geschichte zu erfahren.«

»So hatte ich es mir aber nicht vorgestellt.«

Jana hielt die Hände empor. »Bitte. Ich möchte nicht, dass wir hier nach Leichen im Keller graben. Ich habe mein halbes Leben mit Leichen zu tun gehabt. Ich bin glücklich, hier zu sein, und ich möchte mit euch nur eine schöne Woche verbringen.«

Franziska schürzte ihre Lippen. »Weißt du, Jana, ich finde es gar nicht schlecht, wenn jetzt so manches ans Tageslicht kommt. Eva und Lena können davon nur profitieren.«

»Ich weiß nicht. Es betrifft uns gar nicht«, brummte Martin.

»Erzähl doch einfach weiter«, bat Jana, während es langsam dunkel wurde und Eva die Windlichter auf dem Tisch entzündete.

»Hiltrud Haberer wuchs, wie gesagt, bei jenem Pfarrer Bernhard Schulz auf, den sie Onkel Berni nannte. Bevor sie ›in Stellung‹ ging, wie das damals hieß, hatte sie bereits einiges von Pflanzenheilkunde und Homöopathie verstanden. Durch ihren Onkel konnte sie die Mittelschule besuchen.«

»Warum wurde sie dann Dienstmagd?«

Martin schien mit sich zu ringen.

»Erzähl es halt«, sagte Franzi.

»Das ist Hörensagen, wie es bei euch Juristen heißt. Baron Friedrich von Gutzkow stammt aus preußischem Adel. Die Gutzkows sind angeblich mit dem Kaiserhaus verwandt. 1934 hat er hier ein Weingut, Wald und eine Mühle geerbt und ist frisch verheiratet aus Schlesien hergezogen. Zwei Jahre später war seine Frau Louise mit ihrem ersten Kind schwanger und der kleine Viktor kam zu früh. Man schickte nach dem Arzt, aber der war nicht greifbar. Denk daran, Jana, in den dreißiger Jahren des letzten Jahrhunderts war das hier tiefste Provinz. Also rief man den Pfarrer und Hochwürden Schulz nahm Hiltrud mit. Zusammen haben sie Mutter und Kind das Leben gerettet. Gutzkow hat der Kirche ein Gnadenbild gestiftet und Hiltrud in Absprache mit dem Pfarrer in seinen Haushalt geholt. Offiziell war sie eine Magd, aber sie war eher Kindermädchen, Freundin der Mutter und mit der Zeit ...« Er zögerte. »Ich weiß nicht, wie ich es nennen soll, denn es gab darüber viele Gerüchte.«

»Geliebte?«, fragte Jana.

»Ehrlich gesagt, glaube ich das nicht. Die Gutzkows waren zu katholisch dafür und bei allem, was ich von Friedrich von Gutzkow gehört habe, kann ich es mir nicht vorstellen. Vertraute, würde ich sagen. Hiltrud war eine kluge junge Frau. Der Baron ermöglichte ihr die Ausbildung zur staatlich anerkannten Hebamme. Sie brachte 1939 auch Heinrich, den zweiten Sohn der Gutzkows, zur Welt.«

»Und wann und wie wurde sie mit Anna schwanger? Nach allem, was ich bisher gehört habe, hat sie ja nie geheiratet.«

Martin schenkte Jana und sich selbst einen Schluck Wein nach, stand auf, ging einige Schritte und setzte sich wieder.

»Ich sage dazu jetzt nur ein paar Fakten, denn das meiste, was hier herumgeistert, ist gespeist von Neid und Unwissenheit. Es stimmt, Hiltrud wurde Anfang 1940 schwanger. Von wem, wissen wir nicht. Friedrich von Gutzkow würde ich persönlich ausschließen. So ein Verhältnis passt nicht zu seinem und zum Charakter von Hiltrud Haberer, so wie er mir geschildert wurde. Ich halte eine Vergewaltigung für möglich. Sie war oft bei Nacht mit dem Fahrrad zu einer Schwangeren unterwegs. Das Naziregime favorisierte die Hausgeburt gegenüber der Klinikgeburt, weil sie eher dem Wesen der deutschen Frau entsprach.«

Lena und Eva sahen ihren Vater groß an.

»Was schaut ihr denn so?«, meinte der jetzt grinsend. »Ist ja heute wieder en vogue.«

»Aber aus anderen Gründen«, warf seine Frau ein.

»Und dann?«, warf Jana ein.

»Der Baron stellte ihr das Haus, in dem die Haberers heute wohnen, zur Verfügung. Ihre Tochter hat es nach seinem Tod 1975 geerbt. Ihr gehören auch ein großes Stück Wald und ein Teil der Wiesen hinter dem Haus.«

»Der Wald, in dem die Leichen gefunden wurden.«

»Genau der. Sie arbeitete weiter als Hebamme, stand aber mit der Reichshebammenschaft auf dem Kriegsfuß.«

»Reichs ... was?«, fragte Eva.

»Reichshebammenschaft. Gab es damals.« Er sah seine beiden Töchter ernst an. »Es macht durchaus Sinn, sich ein wenig näher damit zu befassen, wie sehr diese sogenannte Bewegung die Gesellschaft unterwandert hatte. Birgt einige Lehren für heute.«

»Und wie ist Hiltrud Haberer umgekommen?«

»Sie war in der Nacht vom 5. zum 6. Juni 1943 mit dem Fahrrad unterwegs und ist von der Straße abgedrängt worden. Der Fahrer beging Fahrerflucht und sie wurde am folgenden Morgen tot aufgefunden.«

»Und der Täter wurde nie ermittelt«, ergänzte Jana.

»War halt mitten im Krieg«, meinte Martin lakonisch.

»Das ist jetzt eine ziemlich lahme Erklärung«, meinte Jana.

»Genauso sollte es klingen, denn genauso hat man das hier jahrelang gesagt. Mehr kann und will ich nicht dazu sagen, denn sonst müsste ich spekulieren und das will ich nicht. Ich wurde fast dreißig Jahre später geboren.«

»Du hast das mit den Hexen noch nicht erklärt«, meinte Jana.

»Hört denn das überhaupt nicht mehr auf«, stöhnte Martin. »Ich vermute, dass es mit dem Wirken von Hiltrud und später Anna als Hebamme, in Annas Fall auch als, sagen wir, Naturheilerin zu tun hat. Sie haben beide einige Kinder gerettet, Anna war bei der hiesigen Ärzteschaft nicht gelitten. Trotzdem sind viele oft heimlich zu ihr gegangen, sie hat immer zugehört und geholfen. Ich bin mir leidlich sicher, dass eure Großmutter bisweilen eher ›zur Anna‹ als ›zum Dokter‹ gegangen ist. Besonders bei ›Frauenleiden‹.«

Es war mittlerweile 23 Uhr geworden und Jana gähnte herzhaft.

»Das war doch ein interessanter Ausflug in die Dorfgeschichte, vielen Dank, Martin.« Sie sah ihn lächelnd an. »Ich zweifle allerdings keinen Moment daran, dass du mir höchstens die Hälfte erzählt hast, aber wie gesagt, das ist nicht mein Fall.«

»Du bist gefährlich«, murmelte Martin im tiefsten Alemannisch, aber er grinste dabei.

Man räumte gemeinsam ab, kurz darauf fiel Jana in einen wohlverdienten Schlummer.

5. Montag

Jana erwachte halb neun, zugegeben mit leichten Kopfschmerzen. Vielleicht hatte sie angesichts der Geschichten doch ein Glas Grauburgunder zu viel erwischt. Sie stand auf, um die Toilette aufzusuchen, und fiel fast über Melitta VII., die vor ihrer Tür lag und sofort erfreut aufsprang. Jana zog die Augenbrauen hoch und taperte zwei Türen weiter. Als sie in ihr Zimmer zurückkam, stand der Hund erwartungsvoll hechelnd und zu neuen Taten bereit mitten im Zimmer. »Was soll's«, murmelte Jana zu sich selbst, vertauschte ihren Schlafanzug mit Laufshorts und T-Shirt und gab Melitta einen Wink mit dem Kopf.

Unten steckte Franzi den Kopf durch die Tür. »Du hast dein Handy gestern Abend auf dem Küchentisch liegen lassen. Irgendeine Nummer aus Freiburg hat versucht, dich zu erreichen.«

Jana entsperrte das Handy, erkannte die Nummer und drückte die Rückruftaste.

»Guten Morgen, Jana«, meinte Wolfgang Aspro.

»Du bist aber früh dran.«

»Präsenile Bettflucht. Ich habe E. O. erreicht, er würde dich gerne kennenlernen. Kannst du heute nach Freiburg kommen?«

Sie dachte kurz nach. »Sicher. Ich würde ihn auch gerne kennenlernen, aber ich sollte noch bei der hiesigen Polizei vorbeigehen, um ein Protokoll aufnehmen zu lassen.«

»Ich gebe dir seine Telefonnummer. Er meinte, er habe nichts Besonderes vor heute. Ruf ihn an, ihr findet sicher eine Möglichkeit.«

Er diktierte ihr eine Freiburger Nummer.

»Danke, Wolfgang.«

»Immer gerne. Melde dich, bevor du wieder nach München entschwindest.«

»Mach ich.«

»Eine neue Spur?«, fragte Franziska.

»Nein, ein Freund von Wolfgang Aspro, der mich gerne kennenlernen möchte. Außerdem ermittle ich hier nicht, auch wenn mich diese Geschichte um die Hexen fasziniert.«

»Ein Dorf und seine Geschichten.«

»Glaubst du an einen Zusammenhang?«

»Ich weiß es nicht. Martin hat es in seiner Sprache schon gesagt: Die beiden waren üble Gesellen, die Macht und Geld ruchlos ausgenutzt haben, die Menschen benutzt und missbraucht haben.«

Jana lief ihren gewohnten Weg, der Himmel war wolkenverhangen und es roch nach Regen. Am Haus der Haberers rührte sich nichts und Melitta schlug nicht an. Als sie an die Stelle kam, wo der Hund den Toten gefunden hatte, blieb sie kurz stehen und war versucht, dem Drang, die Stelle noch einmal zu sehen, zu folgen. ›Es ist nicht mein Fall‹, sagte sie sich dann, auch eingedenk der zahlreichen Schrammen, die ihr der Gang durch das Unterholz eingebracht hatte.

Eine halbe Stunde später stand sie unter der Dusche. Gestärkt mit einem frischen Weckle vom Bäcker und einer Tasse Kaffee machte sie sich auf zum Polizeirevier Lörrach.

Es war nicht einfach, einen Parkplatz zu finden, aber halb elf läutete sie am Kriminalkommissariat Lörrach und gab an, eine Aussage zu dem Leichenfund in Stopfingen machen zu wollen.

»Ich hatte am Samstag mit Kommissar Reutberger gesprochen und er bat mich, heute Morgen vorbeizukommen«, erklärte sie dem diensthabenden Beamten.

»Kommissar von Reutberger ist gerade gegangen. Vielleicht kommen Sie besser am Nachmittag wieder.«

Jana runzelte die Stirn, dann holte sie eine Visitenkarte aus ihrem Portemonnaie, gab sie dem jungen Mann und sagte: »Er soll mich anrufen. Ehrlich gesagt, habe ich Besseres zu tun, als hier auf gut Glück vorbeizukommen. Ich nehme nicht an, dass Herr Reutberger zu einem dringenden neuen Fall gerufen wurde.«

Dem jungen Mann, dem, als er ›Kriminalhauptkommissarin‹ auf der Karte gelesen hatte, die Kinnlade heruntergefallen war, stotterte etwas von ›Gang in die Stadt‹.

»So ähnlich habe ich mir das gedacht. Richten Sie ihm bitte aus, dass er mich anrufen soll. Vielen Dank. Und jetzt machen Sie bitte die Tür auf.«

Als sie wieder auf der Straße stand, nahm sie ihr Handy und wählte die Nummer von E. O. Hansen.

»Hansen.«

»Jana Vecera, guten Tag, Herr Hansen. Wolfgang Aspro hat mir ...«

»Möchten Sie heute vorbeikommen?«

»Ja, gerne.«

»Ich wohne in Freiburg in der Prinz-Eugen-Straße. Parken ist da kein Problem und ich nehme an, Sie kommen mit dem Wagen.«

»Ich bin im Moment in Lörrach und könnte so in eineinhalb Stunden bei Ihnen sein.«

»Wenn Sie da sind, sind Sie da.«

»Dann bis gleich.«

Es schlug halb eins von einer nahe gelegenen Kirche, als Jana ihren Wagen praktisch vor der Haustür parkte und kurz darauf an einem villenähnlichen Anwesen läutete, dessen zweiten Stock Herr Hansen zu bewohnen schien. Der Türsummer ertönte wenig später ohne Rückfrage und sie fand sich in einem weiten Treppenhaus wieder, in dem es nach Bohnerwachs duftete und üppige Grünpflanzen gediehen. Auf dem Treppenabsatz des ersten Stocks erwartete sie ein gut 1,85 Meter großer, schlanker Mann, der ein weißes Hemd zu einer grauen Hose trug. Beides wirkte lässig und doch elegant.

»Frau Vecera«, begrüßte sie E. O. Hansen, »schön, dass Sie den Weg gefunden haben. Kommen Sie doch herein.«

Sie betrat eine großzügige Wohnung, die hell und modern wirkte und in der nur wenige, dezent platzierte Antiquitäten einen Hauch von Geschichte vermittelten. Sie folgte ihm in einen großen Wohnraum, der von einem

Stutzflügel, zahlreichen Büchern und einem Gemälde dominiert wurde, das eine junge Frau in einem blauen Sommerkleid auf einer ebenso sommerlichen Wiese darstellte. Es war ein lebendiges Bild, Jana glaubte fast, den Duft der Sommerblumen wahrzunehmen.

»Ein schönes Bild«, meinte sie.

»Vielen Dank«, antwortete Hansen. »Ich habe es vor knapp vierzig Jahren gemalt. Es erinnert mich jeden Tag an Dagmar.«

»Es hat etwas Zeitloses für mich und verkörpert eine gewisse Leichtigkeit und Lebensfreude. Ich rieche beinahe den Duft der Sommerblumen.«

Hansen lächelte. »Das ist die schönste Kunstkritik, die ich seit Langen gehört habe. Setzen Sie sich doch bitte. Darf ich Ihnen einen Aperitif anbieten?«

»Ich muss Auto fahren.«

»Ein kleiner Schluck Winzersekt geht schon.«

Er verschwand und kam kurz darauf mit zwei Sektflöten zurück, von denen er eine Jana reichte. »Santé.«

»Santé. Mögen Sie Frankreich?«

»Die Politik weniger, die Sprache, Wein, Essen und die Literatur sehr.«

»Und ich vermute, Sie spielen auch diesen Stutzflügel.«

»Den habe ich geerbt, und ich mag den Bösendorfer-Klang und klimpere ab und zu darauf herum.«

»Chopin?«

»Wie kommen Sie darauf?«

»Es schien zu Ihnen, zu diesem Raum und zu diesem Instrument zu passen.«

»Frau Kollegin, ich denke, wir wären glänzend miteinander ausgekommen. Aber eine ganz andere Frage: Haben Sie schon zu Mittag gegessen?«

»Nein.«

»Wunderbar. Darf ich Sie auf einen Happen einladen?«

»Eine so charmante Einladung kann man ja kaum ablehnen.«

»Dann dürfen Sie mich jetzt mit Ihrem Glas in die Küche begleiten. Ein alter Freund war am Wochenende Pilze sammeln und hat mir im Austausch für ein Glas Wein und ein nettes Gespräch ein paar Steinpilze vorbeigebracht.«

»Gute Freunde sind viel wert.«

Er erhob sich, blieb einen Augenblick stehen, lächelte und sagte dann: »Doch, ich glaube, das kann man sagen.«

In einer geräumigen Küche lagen drei große Steinpilze auf dem Küchentisch. Hansen nahm Butter aus dem Kühlschrank und eine Packung Carnaroli-Reis aus einem Regal. »Mögen Sie Risotto?«

»In all seinen Variationen.«

Er lachte. »Heute bekommen Sie die mit Steinpilzen.«

Er setzte sich an den Küchentisch, deutete auf den Stuhl gegenüber und begann, die Steinpilze zu putzen.

»Sie scheinen mir ein Mann mit vielen Interessen zu sein.«

»Für einen Kriminaldirektor, meinen Sie.«

»Sagen wir so: Im Allgemeinen und für die leitenden Kriminalbeamten, die ich bisher kennenlernen durfte, im Besonderen.«

»Eine salomonische Antwort. Mag ein wenig an meinem Werdegang liegen. Ich bin zur Polizei gekommen wie die sprichwörtliche Jungfrau zum Kind. Meinem Vater war es gar nicht recht, meine Mutter sah es als vorübergehende Spinnerei.«

»Sind Sie Jurist?«

»Bin ich.« Er schnippelte weiter an einem der Pilze herum. »Das war ein Kompromiss. Es hätte genauso gut Literaturwissenschaft, Kunstgeschichte oder Philosophie sein können.«

»Die Ihr Vater als brotlose Kunst eingestuft hätte. Was war er denn von Beruf?«

»Lehrer. Latein und Griechisch, später Gymnasialdirektor. Er war Lehrer mit Leib und Seele und ... pädagogischem Eros.«

»Und Ihre Mutter?«

»Die war Richterin am Amtsgericht.«

»Deshalb Jura.«

»Wissen Sie, mich hat Jura durchaus angezogen. Die innewohnende Logik behagte mir, die rechtsphilosophische Seite mit ihrer Offenheit, zumindest damals, auch.«

»Ich konnte mich nie dazu durchringen.«

»Zu studieren?«

»Ja. Am Anfang war es Unentschlossenheit, dann waren es zu viele Möglichkeiten und dann lernte ich jemanden bei der Polizei kennen und fand die Sache spannend.«

»Und den Herrn haben Sie dann geheiratet.« Er stand auf und ging zum Herd.

Jana lachte: »Wir waren gute Freunde und sind es bis heute. Er war damals in der Öffentlichkeitsarbeit tätig und ist heute im Innenministerium.«

»Geben Sie mir bitte mal die Butter?«

Er gab Butter in einen Topf und in eine Pfanne.

»Ach ja, zupfen Sie mir bitte ein wenig Petersilie von dem Topf am Fenster und schneiden Sie sie grob?«

Als sie mit ein paar Zweigen Petersilie wieder am Tisch saß, fragte er: »Wolfgang sagte, Sie hätten Fragen zu einem Cold Case.«

Sie schüttelte den Kopf: »Das klingt nach einem amerikanischen Thriller. Ich war am Freitag mit dem Hund einer Freundin in der Früh laufen und der Hund hat eine Leiche gefunden.«

Er drehte sich um. »Wo?«

»In einem Wald bei Stopfingen.«

Er kratzte sich am Hals und drehte sich wieder zum Herd, als die Butter schäumte. Er gab den Reis in den Topf, rührte ein paar Mal um und gab einen Schuss Weißwein hinzu. »In dem Wald, in dem es schon zweimal unaufgeklärte Mordfälle gab?«

»Genau in dem. Im Wald der Hexen.«

»Das haben Sie auch schon herausgefunden?«

»Ich habe sie sogar schon kennengelernt.«

Er goss Brühe auf. »Die Haberers?«

»Bis jetzt Anna und Annemarie.«

»Und jetzt haben Sie ...«

»... Blut gerochen? Nur Leichengeruch. Nein, man hat mir in der Familie, wo ich eine Woche Urlaub verbringe und die mit meiner Mutter befreundet ist, ein wenig von der Lokalgeschichte erzählt, und ich fand das interessant.«

»Das ist ein Minenfeld, werte Kollegin. Passen Sie auf, wohin Sie da hintreten. Wer bearbeitet denn den Fall?«

»Ein Kommissar von Reutberger.«

Er zog die Brauen hoch: »Seine Königliche Hoheit. Stimmt, den haben sie ja nach Lörrach abgeschoben.«

Sie sah ihn fragend an, während er begann, die Butter in der Pfanne zu schmelzen.

Er nahm das Brett mit den kleingeschnittenen Pilzen vom Tisch und gab sie in die aufgeschäumte Butter. »Sie fragen gar nicht weiter.«

»Sie werden es mir schon erzählen.«

Er lachte erneut. »Von mir aus, aber erst beim Essen. Möchten Sie einen grünen Salat dazu?«

Sie nickte.

»Dann holen Sie ihn bitte aus dem Kühlschrank.«

Fünf Minuten später hatte er die Pilzmischung angebraten, unter das Risotto gemischt und den Salat angemacht. Er nahm eine Flasche Spätburgunder aus einem zweiten Kühlschrank, der ausschließlich Wein enthielt, legte Besteck und Stoffservietten auf den Küchentisch und stellte den Topf mit dem Risotto in die Mitte. »Ich finde es hier gemütlicher als im Esszimmer. Wenn Sie mal zu einem dreigängigen Mahl mit Wolfgang kommen, werden wir drüben speisen.« Er hob sein Glas. »Santé.«

Nachdem sie ein paar Gabeln Risotto verspeist hatten, meinte Hansen: »Den ersten Fall kenne ich selbst nur aus der Geschichte. Als Heinrich Wagner anno 64 ermordet wurde, war ich in der Untersekunda.«

Sie sah ihn fragend an.

»Dafür sind Sie zu jung, werte Kollegin.« Er schien kurz nachzudenken. »Heute ist das die neunte Klasse am Gymnasium. Früher hatten die Klassen, zumindest an altsprachlichen Gymnasien, andere Bezeichnungen.« Er trank einen Schluck Wein. »Beim zweiten Fall war ich hier schon Kriminaloberrat und wir haben die Lörracher Kollegen nach Kräften unterstützt.«

»Waren die Fälle identisch?«

»Mehr oder weniger. Den alten Wagner hat man erst nach 5 Tagen gefunden, die Kriminaltechnik war 1968 noch nicht so weit wie 1996 oder heute. Beide hatten Würgemale, beiden hatte man die Hoden abgeschnitten. Kein schönes Thema für ein Tischgespräch.«

Sie lächelte: »Lieber Kunst oder Musik?«

»Ihr Besuch verfolgt ja einen Zweck, oder? Ich habe nach dem zweiten Mord ausführlich mit einem Kriminalpsychologen darüber gesprochen. Damals hießen sie noch nicht Profiler.« Er grinste. »Er meinte, als Motiv käme abgrundtiefer Hass in Frage. Der Täter wollte sich nach dem Tod ›durchsetzen‹ und den alten Wagner seiner Identität und Würde berauben. Als ob der je eine Würde gehabt hätte.«

»War er wirklich so abgrundtief schlecht?«

»Mir würden da andere Ausdrücke einfallen ...«

»Die habe ich schon von Martin Keller gehört.«

»Ach, Sie wohnen bei den Kellers?«

»Kennen Sie sie?«

»Die haben seit ewig und drei Tagen einen Stand auf dem Wochenmarkt und ich kaufe da gerne ein. Immer frische Ware und immer ein nettes Gespräch mit dem Vater, als er noch lebte, wie mit dem Sohn.« Er trank einen Schluck Wein. »Heinrich kam kurz vor Ende des Ersten Weltkriegs nach Hause. Er hatte es geschafft, sich von seinem Truppenteil abzusetzen, und als die französischen Besatzungstruppen einmarschierten, gab er sich als Zivilist aus. Er schien außerdem Geld, ich vermute mal eher Gold, aus dem Krieg mitgebracht zu haben. Auf dem Hof des Vaters lag ein Brennrecht und er schaffte es, Pastis und ›Eau de Vie‹ zu produzieren, die er an die französischen Offizierscasinos verkaufte.«

»Ein unternehmender Mann.«

»Ja, sicher. Er nutzte sein erworbenes Geld dazu, ›armen Nachbarn‹ zu ›helfen‹, indem er ihnen Land abkaufte und später wieder verpachtete. Sie können sich vorstellen, dass das auf dem Dorf böses Blut gab.«

»Wie ging es weiter?«

»Nachdem sein Geld in Immobilien angelegt war und er, wie gesagt, das ist eine Vermutung, auch Gold hatte, überstand er die Inflation relativ schadlos und trat früh in die NSDAP ein, nachdem der Pfarrer ihn öffentlich für sein ›ruchloses Vorgehen‹ kritisiert hatte.«

Nachdem er den Rest des Risottos gerecht verteilt und Jana sich noch einmal beim Salat bedient hatte, fuhr er fort: »Die NSDAP gewann in Baden erst spät an Boden, dann aber unter dem fanatischen Robert Wagner gewaltig. Heinrich Wagner, der mit Robert Wagner nicht verwandt war, wurde Kreisbauernführer und tat sich hervor, als Reichskommissar Wagner begann, Baden zum NS-Musterland umzubauen.«

»Können Sie beschreiben, was er getan hat?«

»Gegenfrage: Un dolce, Signora Commissario?« Als sie zögerte, meinte er: »Also ja«, und ging zum Kühlschrank. »Das sind Cannoli von meinem Freund Gianni.« Dann fuhr er fort: »Er ging früh daran, diejenigen, die nicht der Partei beitraten, zu schikanieren, richtig schlimm wurde es erst mit Kriegsbeginn, als er Landüberschreibungen forderte, damit Männer nicht eingezogen wurden. Es soll noch ganz andere Sachen gegeben haben.«

»Die mit den Frauen und Töchtern der Leute zusammenhingen?«

Er nickte.

»Was wissen Sie über den Unfall von Hiltrud Haberer?«

»Dass es keiner war, aber man den Täter nie gefunden hat.«

»Und nach dem Krieg?«

»Da dürfte Ihnen Martin Keller schon das meiste erzählt haben, denke ich. Was seine Ermordung angeht, ist die Faktenlage unklar. Die Kollegen haben damals, wie es so schön heißt, ›in alle Richtungen ermittelt‹. Es gab viele, denen man einen solchen Mord zugetraut hätte, aber niemand, dem man es beweisen konnte.« Er stand auf. »Den alten Wagner haben einige sicher bis aufs Blut gehasst.«

»Gehörten die Haberers zum Kreis der Verdächtigen?«

»Nein. Heinrich Wagner war zwar nicht groß, aber bullig. Anna Haberer war damals gerade 24 Jahre alt und man traute ihr den Mord nicht zu. Der genaue Todeszeitpunkt konnte zudem nicht ermittelt werden. Das war ein Fischen im Trüben.«

»Und die Ermordung von Adolf Wagner?«

»Der junge Wagner hat, was Schlägereien, Saufereien und Frauengeschichten anging, seinen Vater in den Schatten gestellt. Er hatte Mitte der fünfziger Jahre die Tochter eines wohlhabenden Eisenwarenhändlers aus Weil am Rhein geheiratet. Wie er das geschafft hat, ist mir bis heute ein Rätsel. Der Mann war ein gewalttätiger Rüpel mit einem Haufen Geld, der nach der Heirat und der Geburt seines Sohnes genauso weitergemacht hat wie vorher.«

»Leben Frau und Sohn noch?«

»Nein. Sie kamen bei einem nie völlig aufgeklärten häuslichen Unfall 1974 ums Leben. Sie sehen, es gibt auch in diesem Fall genügend Leute mit einem Motiv.«

»Und wie sah es bei der Tat mit Mittel und Gelegenheit aus?«

»Die heilige Trias der Ermittlungsarbeit, Frau Kollegin. Wie gesagt, 1996 waren andere Zeiten. Man hat den Körper Adolf Wagners zwar schon nach zwei Tagen gefunden, aber es war dennoch schwierig, den Todeszeitpunkt einzugrenzen.«

»Erinnern Sie sich, wann cr ermordet wurde?«

»Irgendwann Ende August.«

»Also die Zeit würde passen.«

»Sie meinen, zu der neuen Tat?«

»Ja.«

»Dazu müsste man erst einmal ein wenig mehr über die neue Tat wissen.«

»Die Morde an Heinrich und Adolf waren aber identisch, oder?«

»Es gibt ein Detail, das damals in der Presse praktisch untergegangen ist und heute mehrheitlich vergessen sein dürfte: Adolf Wagner wurde erschlagen, bevor man ihm einen Drosseldraht um den Hals gelegt und die Hoden abgeschnitten hat.«

»Also ein völlig anderer Modus Operandi.«

»Ich würde sagen, eine Inszenierung.«

»Hat man das in die Ermittlungen einbezogen?«

»Selbstverständlich, aber es ließen sich einfach keine Täter finden. Sie wissen ja, wie das in solchen Dörfern ist. Selbst wenn man sich hasst, wenn die Polizei kommt, hält man zusammen. Und wenn es einen gemeinsamen Hass auf das Opfer gibt, und ich gehe davon aus, dass es so war, umso mehr.«

»Die Haberers standen aber nicht im Fokus der Ermittler?«

»Nein, zu keinem Zeitpunkt. Sie hatten kein Motiv.«

»War Margarete Haberer nicht kurz vorher mit Annemarie schwanger geworden und das Kind wurde wieder außerehelich geboren?«

»Sie haben echt Ihre Hausaufgaben gemacht. Ich weiß nicht, ob es den Haberer-Frauen um freie Liebe geht, ob sie einfach keinen Mann im Haus haben wollen oder ob sie sich nicht an einen Alimentezahler, der sich dann in der Erziehung einmischt, binden wollten. Bei Hiltrud bin ich mir nicht sicher, ob nicht doch der alte Wagner dahintersteckte, aber beweisen werden wir es nie können, denn die Frauen werden garantiert keinem DNA-Abgleich zustimmen.«

Jana sah auf ihre Uhr. »Ich sollte mich langsam aufmachen und nach Stopfingen zurückfahren. Herzlichen Dank für Speis und Trank, es war ausgezeichnet, und für ein paar weitere Teile in diesem Puzzle.«

»Wollen Sie dranbleiben?«, fragte Hansen lächelnd.

»Nein. Ich würde gerne einmal mit Margarete Haberer sprechen, aber nur, wenn es sich ergibt. Vorher muss ich noch mit dem Kollegen Reutberger sprechen.«

»Seien Sie vorsichtig«, erwiderte Hansen grinsend. »Er legt auf das ›von‹ allergrößten Wert.«

»Sagten Sie vorhin nicht, man habe ihn nach Lörrach abgeschoben?«

»Wissen Sie, der Junge ist kein schlechter Ermittler, aber er hat einiges zu lernen. Wenn er es nicht tut, wird man ihm das Leben schwer machen und ihn vielleicht sogar rausschmeißen.«

»Und warum?«

»Arrogantes Auftreten ist eine Sache, mit Geld angeben eine andere, permanent eine mögliche Abstammung vom Hochadel ins Gespräch bringen, ist nur lächerlich. Entscheidend ist, dass er zumindest in seiner Zeit in Freiburg nicht gelernt hat, mit Gleichgestellten und Untergebenen umzugehen. Er hatte nicht umsonst den Spitznamen ›Königliche Hoheit‹. Nach oben war er immer geschmeidig. Es gab Vorfälle bei Zeugenbefragungen. Wenn ich mich richtig erinnere, gab es auch Disziplinarverfahren, und als die Stelle in Lörrach frei wurde, hat man das zur großen Erleichterung hier auf der Präsidentenebene geregelt. Wie er sich dort macht, weiß ich nicht.«

»Dann weiß ich jetzt Bescheid. Vielen Dank auch dafür. Ich melde mich, wenn sich etwas ergibt. Sie klingen, als hätten Sie immer noch Interesse.«

»Aber höchstens Interesse, nicht mehr. Ich würde mich freuen, Sie einmal wiederzusehen. Leben Sie wohl.«

Sie war auf halbem Weg nach Stopfingen, als es in ihrer Handtasche rumorte und auf dem Display im Wagen ›Dienst – +49 7621 1760‹ erschien. Irgendwer rief sie mit einer Nummer, die sie nicht kannte, auf dem Diensthandy an, das sie für alle Fälle mitgenommen hatte.

»Vecera.«

»Frau Vecera, schön, dass ich Sie erreiche. Hier ist Reutberger.«

›Schau an‹, dachte sich Jana. »Schön, von Ihnen zu hören, Herr Kollege. Wann wollen Sie mich denn sehen?«

»Wann immer Sie Zeit haben, Frau Kollegin. Warum haben Sie nicht erwähnt, dass Sie Hauptkommissarin sind?«

»Zum einen ist das hier nicht mein Revier, zum anderen, werter Herr Kollege, waren Sie recht kurz abgebunden.«

»Können wir uns heute sehen?«

»Ich kann in etwa einer halben Stunde in Lörrach sein.«

»Na, wunderbar. Dann kommen Sie doch vorbei.«

»Parken in Lörrach ist so ein Ding. Kann ich bei Ihnen auf dem Hof parken?«

»Klar, ich sage unten Bescheid. Klingeln Sie einfach an der Einfahrt und melden Sie sich mit Ihrem Dienstgrad, sonst gibt es blöde Nachfragen.«

»Dann bis gleich.«

›Was war das denn gewesen‹, fragte sich Jana, nachdem sie das Gespräch beendet hatte. Sollte ihr Dienstgrad wirklich einen Unterschied machen? Wie hatte E. O. Hansen gesagt, ›nach oben sei er recht geschmeidig‹. Sie war gespannt.

Tatsächlich öffnete sich das Hoftor zum Kriminalkommissariat Lörrach wie von Geisterhand, nachdem sie ihren Namen genannt hatte, und kaum hatte sie ihren Wagen auf einem Besucherparkplatz geparkt, erschien Philipp von Reutberger am Hinterausgang und kam zu ihr herüber.

›Der Herr scheint über einen umfangreichen Fundus exzellenter Kleidung zu verfügen‹, dachte sich Jana. Sie schätzte sein dunkles Poloshirt und die Jeans auf 500 Euro. Laut sagte sie: »Schön, Sie zu sehen, Herr Kollege.«

»Freut mich, dass Sie kommen konnten. Mein Büro hat leider keine Klimaanlage. Sollen wir uns in ein ruhiges Café setzen und Sie erzählen mir dort kurz, was Sie beim Auffinden der Leiche bemerkt haben?«

›Bemerkenswert‹, dachte sich Jana. »Können wir gerne machen, wenn Sie ein ruhiges Café kennen. Das Ganze ist doch dienstlich.«

»Vertrauen Sie mir.«

Innerlich musste Jana grinsen. Jetzt machte er auch noch einen auf Eddy Murphy.

»Na gut. Dann weisen Sie mal den Weg.«

Sie liefen am eigentlichen Polizeirevier vorbei die Straße hinunter, bogen gegenüber einem Park links ab und saßen kurz darauf in einem kleinen Café, das zu diesem Zeitpunkt leer war. Ein junger Mann kam aus einem Durchgang und sagte: »Philipp, du hier zu dieser Zeit? Ist euch die Arbeit ausgegangen?«

Reutberger drohte ihm mit dem Finger: »Ich bin nur um deinen Umsatz besorgt. Was möchten Sie trinken?«

»Espresso und ein Wasser.«

»Zweimal, John.«

»Gehen Sie öfter hierher?«, fragte sie Reutberger.

»Schon, aber normalerweise später. John hat eine Art Café/Bar, er macht meistens am frühen Nachmittag auf und hat dann bis zehn oder elf geöffnet. Kommt darauf an, wie viel los ist.«

»Kann man davon leben?«

»Ich denke, er kann. Morgens ist er im Atelier und malt, ab und an verkauft er ein Bild und ich denke, er hat ein wenig Geld von der Familie.«

»Freischaffender Künstler?«

»John ist gut. Ich habe ihn schon in Freiburg kennengelernt. Er hat in London und Kopenhagen studiert und wenn er ein Bild verkauft, kommt schon Kohle rein.«

Der junge Mann kam zurück und stellte Espressi und Wasser vor sie.

»Interessiert Sie Kunst?«, fragte Jana.

»Wissen Sie, Kunst kann anmutig oder verstörend sein, beeindruckend oder erhebend. Sie vermag unseren Blick auf das Leben zu verändern.«

Sie blickte ihn erstaunt an.

»Ich weiß, als kleiner Kriminalkommissar sagt man so etwas besser nicht öffentlich, sonst hängen einem die Leute irgendwelchen Quatsch an.«

»Irgendwelchen Quatsch?«

»Man sei ein verkappter Künstler, man sei kein wirklicher Bulle, sondern ein Kulturfuzzi.«

»Oder eben eine Königliche Hoheit.«

Das war ihr jetzt rausgerutscht, aber Reutberger blieb ruhig. »Ich weiß zwar nicht, woher Sie das haben, aber es stimmt. Dieser Spitzname ist hängengeblieben.«

»Stimmt es denn?«

»Was?«

»Dass Ihre Familie mit den Hohenzollern verwandt ist?«

»Die Reutbergers waren nie mächtiger Adel, aber ein altes Geschlecht. Wenn man seit 600 Jahren unterwegs ist, kann es schon einmal sein, dass man über 17 Ecken mit den Hohenzollern verwandt ist. Das können Sie im Gotha nachlesen.«

»Und wie sind Sie zu dem Spitznamen gekommen?«

»Ich habe es einmal, wohlgemerkt einmal, bei einem Umtrunk im Kollegenkreis in Freiburg erwähnt. Das war ein Fehler.« Er sah Jana an. »Darf ich Sie etwas fragen?«

»Nur zu.«

»Was machen Sie in München?«

»Ich leite ein Ermittlungsteam in der K 1.11«

»Und was heißt das für einen kleinen Kommissar in Lörrach?«

»Dezernat für Gewaltkriminalität. Was die Presse gerne Mordkommission nennt.« Sie lächelte. »Auch wenn noch gar keine gebildet wurde.«

»Haben Sie studiert?«

»Nein. Erst keinen Bock, dann konnte ich mich nicht entscheiden.«

»Und warum dann Polizei? Das ist doch immer noch ein ...«

»... Macho-Verein?«

Er nickte.

»Zum einen ist die Polizei weiblicher geworden, sogar diverser, auch wenn da vieles Augenwischerei ist. Ich habe einen guten Chef und mir macht die Arbeit Spaß. Und Sie?«, fragte Jana.

»Es war eine Entscheidung aus einer Laune.«

»Wie laufen denn die Ermittlungen?«

Reutberger leerte seinen Espresso. »Woher wussten Sie, dass die Leiche keine zwei Tage da liegt?«

»Zahl der Insekten, eingesetzte Autolyse, abgeklungener Rigor mortis.«

»Das alles haben Sie an einer Hand gesehen?«

»Das gehört zum Handwerk, lieber Herr Reutberger. München hat eine gute Rechtsmedizin und ich habe am Anfang meiner Karriere bei der Polizei dort Vorlesungen gehört und auch den Chef kennengelernt. Er mochte meine Neugier und, ich denke, die Tatsache, dass ich nicht umgekippt bin. Von ihm habe ich viel gelernt.«

Er schaute sie fasziniert an. »Und der Hund hat die Leiche entdeckt? Diese Melitta?«

»Melitta VII. Ja.«

»Die siebte?«

»Genau. Es ist der siebte Irish Setter auf dem Hof.«

»Woher kennen Sie die Kellers?«

»Franziska Keller ist eine Freundin meiner Mutter.«

Er sah sie nachdenklich an, dann sagte er: »Das Ganze ist eine Inszenierung, bei der sich der Täter viel Mühe gegeben hat. Der Mann ist erstochen worden.«

»Was man aber nach Freilegung der Leiche nicht sofort sah.«

»Woher wissen Sie das?«

»Das war eine Vermutung.«

»Ins Schwarze getroffen. Man hat ihn von hinten mit einem einzigen Stich ins ... also ins Gehirn getötet. Es gab fast kein Blut.«

»Cerebellum«, ergänzte Jana.

»Danke, Frau Doktor«, grinste er ironisch.

»Sie wissen, dass Adolf Wagner erschlagen wurde, bevor man die Würgemale angebracht hat.«

»Bitte?«

»Auch wenn ich nicht glaube, dass ein Zusammenhang besteht, sollten Sie sich mal die alten Fallakten ansehen.«

»Ich hielt das nicht ...«

»Warum hat der Täter die ersten beiden Fälle imitiert? Finden Sie nicht, dass das den möglichen Täterkreis einschränkt?«

»Ich glaube, Sie haben den richtigen Beruf ergriffen.«

War da ein wenig Bewunderung in seiner Stimme?

»Haben Sie irgendwas zum Opfer?«

»Die Anfragen laufen. Bis jetzt nichts.«

»Gibt es ein Bild vom Opfer?«

»Das ist gerade fertig geworden. Es soll morgen früh bei einer Pressekonferenz bekannt gemacht werden.«

»Na, dann bleiben wir mal gespannt. Könnte ich das vorab schon einmal sehen?«

»Kleine Privatermittlung?«

»Wie gesagt, nicht mein Revier. Aber es interessiert mich schon.«

Er lachte und schüttelte den Kopf. »Möchten Sie noch einen Espresso?«

»Besser nicht. Ich muss nach Stopfingen. Die warten dort mit dem Abendessen auf mich.«

Sie gingen zurück aufs Kommissariat, wo er ihr eines der auf einem Stapel liegenden Bilder des Toten zeigte.

»Kann ich das mitnehmen?«

»Solange Sie es nicht vor morgen 10 Uhr jemandem von der Presse weitergeben.«

»Die Gefahr bestünde nicht einmal in München. Vielen Dank für Ihre Offenheit. Normalerweise würde ich jetzt sagen ›Man sieht sich‹.«

»Ich würde mich freuen«, sagte Philipp von Reutberger.

Kaum hatte sie ihren Mini auf dem Hof geparkt, kam Eva um die Ecke und meinte: »Du hast es aber lange ausgehalten.«

»Es gab ja einiges zu bereden«, antwortete Jana lächelnd, aber kryptisch.

»Na komm, Mama hat einen Bohnensalat gemacht. Wir essen gleich.«

Sie sagte Franziska ›Hallo‹ und ging kurz nach oben, um sich frisch zu machen. Als sie wieder herunterkam, war die Familie schon im Esszimmer versammelt. Auf dem Tisch standen eine große Schüssel Bohnensalat, Schinken, Leberwurst und ein halber Laib Bauernbrot.

Nach dem üblichen Tischgebet griffen alle erst einmal zu.

»Wie war denn dein Trip nach Freiburg?«, wollte Martin wissen.

»Interessant und erkenntnisreich«, erwiderte sie.

»Na komm«, meinte Martin, »ein wenig mehr musst du uns schon erzählen.«

»Mit wem hast du dich getroffen?«, warf Franziska ein.

Jana überlegte kurz, sagte aber dann doch: »Mit dem ehemaligen Chef der Freiburger Kripo.«

Martin zog die Augenbrauen hoch. »Also doch Ermittlungen.«

»Eher Neugierde.«

»Und hat die etwas Neues zutage gefördert?«

»Eure ersten beiden Morde waren nicht identisch. Zum dritten darf ich euch nichts sagen.«

»Bitte?«, meinte Martin.

»Adolf ist erschlagen worden, bevor man ihm eine Schlinge um den Hals gelegt hat.«

Franziska und Martin starrten Jana an, die beiden Mädchen wussten offenbar nicht, wohin sie schauen sollten.

»Jetzt echt?«, brach es aus Eva heraus.

»Ja, echt. Aber E. O. Hansen meinte, das sei damals in der Presse untergegangen und die meisten hätten es schon vergessen. Den Beweis habt ihr gerade erbracht.« Sie wandte sich wieder Schinken und Bohnensalat zu.

»Aber man sagte doch immer ...«, ließ sich Martin vernehmen.

»Es war eine Inszenierung, Martin. Noch nicht einmal ein Nachahmungstäter. Eine Inszenierung.«

»Da laust mich doch der Affe. Dass ich das vergessen konnte ...«

»Aber es ändert nichts daran, dass beide Fälle, unabhängig voneinander, nie gelöst wurden.«

»Und wie willst du jetzt weitermachen?«

»Ich? Gar nicht. Ich bin hier nicht zuständig. Das ist Kollege Reutbergers Fall und er wird das Kind schon schaukeln.«

»Und du hast gar nichts zu der neuen Leiche?«

»Morgen um zehn gibt es eine Pressekonferenz und vorher bekommt weder die Presse noch ihr Informationen.«

»Das ist nicht fair«, meldete sich Lena.

»Jetzt klingst du wie Martina Beinhauser vom Münchner ›Express‹. Die möchte auch immer gerne etwas Vorsprung vor ihren Kollegen.«

»Wir erzählen es bestimmt niemand«, stimmte ihr Eva bei.

»Keine Kunst«, brummte der Vater. »Ihr zwei schlaft ja mindestens bis zehn.«

Das brachte ihm einen grimmigen Blick seiner zwei Töchter ein.

»Also gut. Wenn ihr mir in die Hand versprecht, dass ihr zu niemandem etwas sagt, zeige ich euch das Bild des Opfers.«

»Nein, bitte«, Franziska war laut geworden.

»Es ist nur das Gesicht, Franziska, und es ist das Bild, das die Presse morgen veröffentlichen wird.«

»Ich mag es trotzdem nicht.«

»Mama, bitte!«

»Jetzt auch noch zweistimmig«, murmelte Martin.

»Von mir aus.«

Jana stand auf, ging nach oben in ihr Zimmer und holte das Bild, das ihr Reutberger mitgegeben hatte. Wieder im Esszimmer reichte sie Martin das Bild, der es ansah und blass wurde. Seine Frau stand auf, ging zu ihrem Mann und sah ihm über die Schulter. Dann schlug sie die Hände vor den Mund. »Oh, mein Gott.«

»Was ist denn?«, fragte Jana.

»Das ist Pavel«, antwortete Martin und sein Atem ging stoßweise.

»Bitte?«

»Pavel Kowalczyk. Der hat bei uns zusammen mit anderen polnischen Arbeitskräften Mitte der Zweitausenderjahre gearbeitet. Wir hatten damals regelmäßig drei oder vier Leute aus Polen hier. Die waren zuverlässig, lernbereit und haben hart gearbeitet. Wir haben fair bezahlt und hatten nie ein Problem, neue Leute zu finden, wenn jemand zurück nach Polen ging.«

»Und dieser Pavel?«

»Der blieb. Hat sich für Elektrik interessiert und sich hier im Betrieb fast alles selbst beigebracht. Am Ende habe ich ihm eine Lehrstelle als Industrieelektriker beim Kaltenbach besorgt. Das muss vor 12 oder 15 Jahren gewesen sein.«

»Irgendeine Idee, warum man ihn so umbringen sollte?«

»Was meinst du mit ›so‹?«

»Wie die zwei anderen.«

»Nein.«

»Aber die wurden doch unterschiedlich ermordet«, ließ sie Eva vernehmen.

»Kluges Mädchen, aber dazu darf ich dir nichts sagen«, meinte Lena.

Franziska war zu ihrem Stuhl zurückgekehrt, hielt die Hände gefaltet und schüttelte kaum merklich den Kopf.

»Ihr seid euch aber sicher, was das Bild angeht?«, hakte Jana nach.

»Er sieht älter aus«, meinte Martin, »aber das ist Pavel.«

»Entschuldigt mich einen Moment.«

Sie ging hoch auf ihr Zimmer und wählte Philipp Reutbergers Handynummer.

»Lust auf einen Drink, Frau Kollegin?«, antwortete der.

»Haben Sie was zu schreiben?«

»Warum?«

»Weil ich Ihnen gleich etwas diktieren werde.«

»Warten Sie mal. – Bitte.«

»Dann schreiben Sie: Pavel Kowalczyk. Ich buchstabiere Ihnen das: P a v e l K o w a l c z y k.«

»Und warum ist das wichtig?«

»So heißt Ihre Leiche.«

»Was?«

»Ich weiß ja nicht, wo Sie sind, aber wenn Sie noch lauter schreien, weiß es bald die ganze Stadt.«

»Woher wissen Sie das?«, flüsterte er jetzt.

»Weil meine Gastgeber ihn kennen. Er scheint vor 15 Jahren bei ihnen gearbeitet zu haben.«

»Ich hatte Ihnen doch gesagt ...«

»Ich hatte da so ein Gefühl.«

»Und Sie hatten wieder einmal recht.«

»Wieso wieder einmal?«

»Bevor ich zu John zurück bin, habe ich etwas Presserecherche betrieben.«

»Sie haben meine angeblichen Heldentaten ausgegraben.«

»Die Lorbeeren hat zwar stets ein anderer kassiert, aber ich bin sicher, der Kopf dahinter waren Sie. Können wir uns sehen?«

»Ich gehe mal davon aus, wir haben beide schon ein Glas oder zwei getrunken.«

Er schien einen Moment zu überlegen. »Stimmt.«

Schweigen.

»Kommen Sie doch morgen zum Frühstück zu mir.«

Sie lachte. »Ich bin hier auf Urlaub und nicht für die Frühschicht.«

»Bitte.«

»Wann?«

»Um acht.«

Sie schwieg.

»Bitte.«

»Also gut. Wo wohnen Sie?«

»In der Philippe-Suchard-Straße. Höchstens eine Viertelstunde von Ihnen. Wenn wir da morgen schon einen Namen hätten ...«

»Könnte das karriereförderlich sein, Herr Kollege. Ich schaue, dass ich pünktlich bin.«

»Was hast du gemacht?«, wollte Franziska wissen.

»Mich zum Frühstück verabredet.«

»Und mit wem?«, fragte Martin grinsend.

»Also bitte!«, fuhr seine Frau dazwischen.

»Mit dem Schnösel. Kann ich bitte noch ein Glas Wein bekommen?«

6. Dienstag

Sie hatte den Wecker ihres Handys auf 7 Uhr gestellt, damit sie in Ruhe duschen konnte, bevor sie sich auf den Weg zu Reutberger machte. Melitta lag, wie erwartet, vor der Tür, wurde aber mit ein paar Streicheleinheiten und einem ›Vielleicht heute Nachmittag‹ vertröstet. Sie sah Jana traurig an, trottete zum Bettvorleger, ließ sich mit einem Plumps nieder und bettete ihren Kopf auf ihre Vorderpfoten. Jana lächelte in sich hinein und stellte sich unter die Dusche.

Sie nahm ihr Diensthandy, das im Urlaub eigentlich ausgeschaltet sein sollte, und machte eine schnelle Datenabfrage zu dem Namen Pavel Kowalczyk, hoffend, dass das keiner mitbekam.

Geboren am 21.6.1973, wohnhaft in Lörrach, Bergstraße. Deutscher Staatsbürger seit dem 1.4.2018, keine Vorstrafen, nicht einmal einen Punkt in Flensburg.

Als sie kurz nach halb acht auf den Hof trat, kam ihr Martin aus der Lagerhalle entgegen.

»Auf zum Schnösel?«

»Wenn man ihn näher kennenlernt, ist er gar nicht so übel. Da ist mehr, als man auf den ersten Blick sieht, aber er hat noch einiges zu lernen, als Kriminalist wie als Mensch.«

»Spielst du seinen Seelendoktor?«

»Nein, die erfahrene Kollegin, die als intelligente Frau bei der Polizei schon einiges mitgemacht hat.«

Er klopfte ihr auf die Schulter: »Viel Erfolg, Sherlock.«

Kurz vor acht hielt sie vor einem zweistöckigen Haus mit einem kleinen Garten, das von zwei Parteien bewohnt wurde. Im oberen Stock von Philipp von Reutberger. Sie läutete und hörte jemanden die Treppe hinunterlaufen. Ihr öffnete ein strahlend lächelnder und nach Rasierwasser duftender Kommissar.

»Danke, dass Sie gekommen sind.«

»Was tut man nicht alles für einen Kollegen.«

Sie gingen eine Treppe hoch in den ersten Stock, und Jana nahm einen leichten Farbgeruch wahr. In Reutbergers Wohnung dominierten warme Töne, Parkettboden, moderne Grafik an der Wand. Auf einem Esstisch standen die Zutaten eines reichhaltigen Frühstücks, aber als Erstes drückte er ihr ein Glas Sekt in die Hand.

»Sie wissen aber schon, dass ich mit dem Wagen hier bin?«

»Ist ja nur ein kleines Glas«, meinte er lächelnd.

Nachdem sie einen Schluck getrunken hatten, fuhr er fort: »Und Ihre Freunde sind absolut sicher, dass auf dem Foto dieser Kowalczyk ist?«

»Sowohl Franziska als auch Martin hatten keine Zweifel. Ist ja ein recht markantes Gesicht.«

»Da haben Sie recht. Und er hat für die beiden gearbeitet?«

»Sie hatten zu der Zeit – und wie gesagt, es dürfte 12 oder 13 Jahre her sein – immer mehrere Mitarbeiter aus Polen. Martin hat sich sehr positiv über sie geäußert. Die Männer seien anständig und lernwillig gewesen. Pavel Kowalczyk interessierte sich besonders für die Elektrik im Betrieb.«

»Umso schräger, dass ihn jemand auf diese Art und Weise umgebracht und so besonders drapiert hat.«

»Zumindest erlaubt es Ihnen, sich auf den jetzigen Fall zu konzentrieren. Ich denke, da kannte einer die Morde in der Vergangenheit und hat sich einen makabren Scherz erlaubt oder wollte die Ermittlungsbehörden in die Irre führen.«

»Trotzdem stehen wir immer noch am Anfang.«

»Sehen Sie es positiv: Wenn die Presse einen historischen Zusammenhang ausgeschlachtet hätte, hätten Sie zwei ›Cold Cases‹ an der Backe, die wir mit großer Wahrscheinlichkeit nicht lösen können, und die vom eigentlichen Mord ablenken.«

»Da haben Sie auch wieder recht. Schauen wir einmal, was wir zu unserem Toten vor der Pressekonferenz herausbekommen können. Jetzt lassen Sie uns aber erst einmal frühstücken.«

Jana goss sich ein Glas Orangensaft ein, nahm sich ein Croissant und meinte nach dem ersten Schluck: »Er ist 1973 geboren, seit 2018 deutscher Staatsbürger, nicht vorbestraft und wohnt in Lörrach.«

Reutberger ließ das Messer fallen, mit dem er sich gerade Butter auf eine Brötchenhälfte gestrichen hatte.

»Woher wissen Sie das?«

»Datenabfrage INPOL.«

»Und wie ...?«

Sie zog ihr Diensthandy aus der Handtasche. »Diensthandy.«

»Und bei Ihnen funktioniert das schon?«

»Offiziell, seit es vollverschlüsselt ist«, sie lächelte. »Aber nicht immer.«

»Wissen Sie, wo er wohnt?«

Jana musste auf dem Handy nachsehen, denn die Adresse hatte sie sich nicht gemerkt.

»Bergstraße.«

»Dann brauchen wir einen Durchsuchungsbeschluss.«

»Das sollte doch kein Problem darstellen. Rufen Sie halt den zuständigen Staatsanwalt an.«

»Ich muss erst meinen Chef, Hauptkommissar Tannenöd, verständigen.«

Sie sah ihn schräg an, aber er zuckte mit den Schultern. »So läuft das hier eben. Entschuldigen Sie mich einen Moment.« Als er in der Tür stand, drehte er sich um: »Sie sind sich aber schon sicher, oder? Sonst ist das der nächste Fleck auf meiner schon grauen Weste.«

Jana winkte ihn mit ihrem Zeigefinger zu sich, tippte kurz auf ihrem Handy und hielt ihm den Auszug aus dem Melderegister hin.

»Darf ich das kurz mitnehmen?«, fragte er.

»Wenn Sie keinen Blödsinn damit anstellen. Das krieg ich dann nämlich aufs Brot geschmiert.«

Er grinste, nahm das Handy und verschwand im Nebenraum, wo sie ihn telefonieren hörte. Als er zurückkam, trank er einen Schluck Kaffee und sagte dann: »Der Alte war erstaunt, aber erfreut und telefoniert sofort mit dem Staatsanwalt.«

»Schauen Sie doch mal, ob die KTU einen Schlüsselbund bei Ihrem Toten gefunden hat.«

Er starrte sie an: »Ihnen fällt das sofort ein, mir wäre es frühestens im Büro eingefallen.«

Er nahm das Handy, das er mitgebracht hatte, und drückte eine Kurzwahltaste, während Jana in ein Croissant biss.

»Klaus? Philipp«, hörte sie ihn. »Habt ihr die Sachen von der Leiche vom Samstag noch bei euch?«

»...«

»Asservatenkammer? Kannst du mir einen Gefallen tun?«

»...«

»Ich weiß, dass ihr viel zu tun habt, aber ich bin noch nicht im Büro und bin heute Morgen durch Zufall auf den Namen unseres Opfers gestoßen.«

»...«

»Das erzähle ich dir später. Wir haben doch um 10 diese PK mit Tannenöd und Merker und wollen schauen, dass wir vorher die Wohnung durchsuchen.«

»...«

»Klar sollt ihr dabei sein, Tannenöd besorgt im Moment den Durchsuchungsbeschluss bei Staatsanwalt Lustiger. Kannst du bitte schauen, ob ihr da einen Schlüsselbund gefunden habt?«

»...«

»Ihr habt? Bist du sicher? Geh ihn bitte holen und warte auf meinen Anruf. Danke.«

»Ein paar Freunde haben Sie also.«

»Wie meinen Sie das?«

»In Freiburg ...«

»Wenn das alles vorbei ist und Sie noch hier sind, lade ich Sie zum Essen ein. Und dann erzählen Sie mir, wie Sie in so kurzer Zeit so viel über mich erfahren haben.«

»Darüber lässt sich reden«, lächelte Jana. »Zumindest scheinen Sie hier einen besseren Start gehabt zu haben.«

»Wie man's nimmt.«

Sein Handy meldete sich.

»Ja, Herr Tannenöd.«

»...«

»Prima, ich gehe ihn holen. Der KTU habe ich schon Bescheid gesagt. Sollen wir Brunner und Fischer mitnehmen?«

»...«

»Dann treffen wir uns in einer Viertelstunde in der Bergstraße, oder? Gegebenenfalls können wir dann der Presse bereits erste Ergebnisse mitteilen.«

»...«

»Vielen Dank, Herr Tannenöd.«

Jana sah ihn fragend an.

»›Das haben Sie gut gemacht, mein Junge‹«, sagte Reutberger und sah Jana an. »Das hat er noch nie gesagt.«

»Na, dann auf, auf. Und ziehen Sie keine 2000-Euro-Lederjacke auf einen möglichen Tatort an.«

Er meinte verdutzt: »Ich habe aber keine anderen.«

Sie sah ihn schräg an: »Denken Sie mal darüber nach, wie das auf Ihre Kollegen wirkt, und erklären Sie mir mal bei Gelegenheit, wie Sie mit dem Gehalt eines Kommissars an Ihre Ausstattung kommen.«

»Ausstattung?«

»Hemd, Hose, Schuhe, Reutberger. Kaum ein Teil unter 400 Euro.«

»Woher ... ?«

»Ich ermittle in München, schon vergessen? Die Stadt der Reichen und Schönen, des Schicki-Micki und des Kokains in Sterneküchen.«

»Ich muss los. Die Antwort ist einfach: Onkel Alfons. Wenn Sie fertig sind, ziehen Sie einfach die Tür hinter sich zu.«

Sie schnappte sich ein Croissant und trank ihren Kaffee aus. »Ich komme mit. Vielleicht habe ich ja den Rest des Tages leichenfrei.«

»Es tut mir leid.«

»Hey, ich wollte ja, dass hier etwas ins Rollen kommt.«

Als sie ins Erdgeschoss kamen, schloss ein junger Mann die Wohnungstür hinter sich zu und sagte zu Reutberger: »Ich wollte gerade zu dir hochkommen. Es roch nach Frühstück.« Dann bemerkte er Jana. »Äh, Philipp, das ist doch ...«

Philipp Reutberger blickte zur Decke. »Du bist doch sonst nie so früh auf.«

Jana musste laut lachen. »Ihr zwei seid lausige Schauspieler. Das ist mir gestern schon aufgefallen.«

»Bitte?«, fragte Reutberger.

»Euer Blickkontakt in dem Café sprach Bände. Außerdem hat John einen Ring am Ringfinger der linken Hand und Sie, offenbar im Dienst oder wenn ich komme, einen hellen Streifen an derselben Hand.«

»Wer ist das?«, fragte John Anderson. »Enola Holmes?«

»Nö«, meinte Philipp Reutberger. »Sie ist das Original, nicht die Kopie.« Und zu Jana: »Gehen wir, Sherlock.«

›Das war jetzt zweimal vor der Mittagszeit‹, dachte sich Jana. ›Hoffentlich ist das ein gutes Omen.‹

»Nettes Wägelchen«, meinte er, als sie zu ihrem Mini ging. Dann überquerte er die Straße und sperrte einen etwas in die Jahre gekommenen, schwarzen Porsche 911 auf.

»Unter Luxus tun Sie es nicht, oder?«

»Der hat mich vor acht Jahren 10.000 Dollar gekostet. Gut, kam noch etwas darauf für die Überführung aus den USA und den TÜV. Das Prachtstück ist vierzig Jahre alt, läuft wie ein Schweizer Uhrwerk und ich hüte ihn wie meinen Augapfel.«

›Männer und ihre Autos‹, dachte sich Jana. Laut sagte sie: »Viel Glück und gutes Gelingen. Melden Sie sich mal.«

»Mach ich.«

Schneller als gedacht befand sie sich wieder auf dem Weg nach Stopfingen, wo Melitta sie freudig begrüßte, hoffend, dass es doch noch einen Lauf gab. Jana ging erst einmal in die Küche, wo Franziska die Spülmaschine ausräumte.

»Na? Wie war das Frühstück mit dem jungen Mann?«

»Ereignisreich.«

»Wie das?«

»Ich hatte heute Morgen das Melderegister abgerufen, daher wusste ich, dass Kowalczyk in Lörrach wohnt. Das hat die Kollegen in eine gewisse Aufregung versetzt. Ich nehme an, dass da jetzt eine Hausdurchsuchung stattfindet.«

»Was versprecht ihr euch davon?«

»In so einem Fall ist die Hausdurchsuchung so etwas wie eine Wundertüte. Wenn du Glück hast, findest du Hinweise, denen du nachgehen kannst. Wenn du großes Glück hast, war es der Tatort und der Täter oder die

Täterin hat Spuren hinterlassen, die im Idealfall zu seiner oder ihrer Festnahme führen.«

»Hätte das denn eine Frau tun können?«

»Ja.«

»Warum bist du dir da so sicher?«

»Weil ich ein Detail kenne, das ich dir nicht sagen darf.«

»Ich denke, ich will es gar nicht wissen.«

»Ich denke, es wird morgen in der Zeitung stehen, außer die Kollegen wollen es aus ermittlungstaktischen Gründen geheim halten. Das würde mich allerdings erstaunen, denn in diesem Fall macht es keinen Sinn.«

Melitta kam in die Küche und legte ihren Kopf auf Janas linken Oberschenkel.

»Dafür, dass du dich nicht mit Hunden auskennst, scheinst du Melittas Herz im Sturm erobert zu haben.«

Jana kraulte Melitta am Hals. »Sie war enttäuscht, dass es keinen Morgenlauf gab. Tieftrauriger Blick und so.«

Franziska musste lachen. »Noch ist es recht kühl draußen. Du könntest ja einfach einen Spaziergang machen.«

Jana dachte kurz nach. »Nö. Wenn schon, denn schon. Komm, Melitta.«

Sie sprintete nach oben, um sich umzuziehen.

Als sie wieder nach unten kam, betrat Martin das Haus.

»Das war aber ein kurzes Gastspiel.«

»Kurz, aber gut. Die Kollegen durchsuchen jetzt die Wohnung von eurem ermordeten Mitarbeiter.«

»Und woher wussten die, wo er wohnt?«

»Das habe ich dem Schnösel gesagt.«

Sprach's und verschwand mit Melitta um die Hausecke.

Es waren ein paar mehr Leute auf der Straße als am frühen Morgen, ein junger Telekomtechniker, der sich an einem grauen Kasten zu schaffen machte, folgte ihr mit den Augen, bis es nicht mehr ging. Lange blonde Haare und ein kurzes Höschen, dachte sie sich. Männer sind so etwas von einfach gestrickt.

Kurz vor dem Haus der Haberers legte Melitta einen Sprint ein und stand Sekunden später laut bellend mit den Pfoten auf dem Zaun. Zwischen einigen Beerensträuchern erhob sich eine Frau, der Jana noch nicht begegnet war, kam zum Zaun und kraulte Melitta. Als Jana dort ankam, blickte sie auf und meinte: »Sie müssen die Kommissarin sein, die die Leiche in unserem Wald entdeckt hat und von der mir meine Mutter erzählt hat.«

Jana streckte ihre Hand aus: »Jana Vecera.«

»Das klingt böhmisch, tschechisch.«

»Die Familie meines Vaters stammt aus Brünn. Sie müssen Margarete Haberer sein.«

»Kein zu schwieriger Schluss, nachdem Sie die anderen beiden Haberers bereits kennengelernt haben.« Sie blickte an Jana vorbei in den Wald. »Unglaublich, dass sich da jemand nach so vielen Jahren an diese Vorkommnisse erinnert und wieder so eine Inszenierung vornimmt.«

»Wie meinen Sie das?«

»Einen Menschen, den er umgebracht hat, so zu drapieren, dass diese alte Geschichte wieder hochkocht. Wissen Sie, was das für uns bedeutet?«

»Dass man sich im Dorf die alte Geschichte von den Hexen wieder erzählt.«

»Sehen Sie ... Wollen Sie weiterlaufen oder auf ein Glas Saft hereinkommen?«

»Nachdem sich die junge Dame hier«, sie zeigte auf Melitta, »mit Vorliebe in Ihrem Garten herumtreibt und ich es nicht eilig habe, gerne.«

Sie folgte Margarete Haberer zu dem Platz, wo sie mit ihrer Mutter gesessen hatte. Die Gastgeberin verschwand im Haus und kehrte kurz darauf mit einem Krug und zwei Gläsern zurück, goss ein und beobachtete Janas Gesicht, als sie den ersten Schluck nahm. Diese stutzte kurz, nahm einen zweiten Schluck und sagte dann: »Habe ich so nie getrunken. Scheint eine Mischung aus Traube und irgendetwas anderem zu sein. Vielleicht Gurke?«

»Wenn Sie so gut ermitteln wie Sie schmecken, dürften Sie recht erfolgreich sein.«

»Stammt das aus dem Naturheilarsenal Ihrer Mutter?«

Margarete Haberer lachte. »Mama hat zwar Dutzende von Rezepten für Heiltränke, aber das ist für mich einfach ein Stück Spätsommer im Glas.«

»Darf ich Sie etwas fragen?«

»Das tun Sie ja schon«, erwiderte Margarete Haberer.

»Diese ganze Hexengeschichte, wie ernst nehmen Sie das, wie sehr belastet Sie das?«

»Das ist gar nicht so einfach zu beantworten. Ich bin 1970 geboren. In meiner Kindheit war es etwas, das ich zum ersten Mal im Kindergarten gehört habe. ›Du bist ja eine von den Hexen‹, auch wenn ich kein rötliches Haar wie Mama hatte. Aber Sommersprossen. Sie erinnern sich sicher an den alten Spruch ›Rotes Haar und Sommersprossen sind des Teufels Weggenossen‹. In der Grundschule wurde ich gefragt, ob meine Mutter und ich an der Walpurgisnacht auf den Blocksberg flögen.« Sie trank einen Schluck Saft. »Onkel Berni hat mir immer wieder erklärt, wo dieser Unfug herkommt und dass ich mir keine Gedanken machen solle, aber das ist leichter gesagt als getan. Nach der Erstkommunion wurde es besser.« Sie lachte Jana an. »Wahrscheinlich haben sie darauf gewartet, dass im entscheidenden Moment die Hostie platzt!« Dann wurde sie wieder nachdenklich. »Auf dem Gymnasium in Lörrach war das alles kein Thema mehr, bis 1996 die zweite Leiche gefunden wurde. Da war ich sechzehn und hatte gelernt, mich sprachlich und mit Ironie zu wehren. Einfach war es trotzdem nicht, und ich war dankbar, dass Onkel Berni noch lebte.« Sie goss Jana nach. »Mama war immer für mich da, sie ist es bis heute. Sie hat ein, wie soll ich es ausdrücken, ein intuitives Verständnis für Menschen und ein großes Wissen über die Natur. So esoterisch, wie das heute klingen mag, ich bin überzeugt, sie ist so etwas wie eine Heilerin.«

»Ich kann mir das gut vorstellen.«

Margarete sah sie fragend an.

»Als ich am Freitagabend aus München hier angekommen war, ging ich mit Melitta laufen. Als wir hier vorbeikamen, passierte dasselbe wie vor einer Viertelstunde. Dann kam ihre Mutter, bat mich herein und bereitete mir eine Tasse Tee, die mich innerlich, wie soll ich das sagen, aufrichtete. Ich hatte ein paar anstrengende Wochen hinter mir, und sie schien das zu spüren.«

»Ja, das kann sie.«

»Wie geht Ihre Tochter mit dieser Hexensaga um? Ich hatte den Eindruck, dass es sie zwar ärgert, aber nicht weiter berührt.«

»Stimmt, Sie haben Anne schon kennengelernt. Bis jetzt war das alles weit weg. Sie war kein Jahr alt, als der zweite Tote gefunden wurde, und hat das alles nicht mitbekommen. Mittlerweile hatte sich die Sozialstruktur hier im Dorf durch Zuzug verändert, und die Hexen waren im Kindergarten und in der Grundschule kein Thema. Der eine oder andere Junge aus einer der ›alteingesessenen‹ Familien hat ihr ›Hui, auf dem Besen fliegt die Hex‹ nachgerufen, aber das haben Erzieherinnen und Lehrer unterbunden. Was jetzt passiert, weiß ich nicht.«

»Sie sagten ja, es war Inszenierung, wie schon beim zweiten Fall.«

»Wie meinen Sie das?«

»Sie wissen, dass schon der zweite Ermordete nicht erwürgt wurde, oder?«

Margarete Haberer sah Jana fragend an.

»Er wurde erschlagen. Das stand damals sogar angeblich in der Presse, aber hier scheinen es die Menschen vergessen zu haben. Es war eine Inszenierung. Die Leiche wurde bewusst so drapiert. Das ist auch dieses Mal der Fall, da haben Sie recht.«

»Und wie wurde der Ermordete umgebracht? Ein Mann war es doch, oder?«

»Es war ein Mann, er hat sogar eine Weile hier in Stopfingen gelebt, danach in Lörrach. Ich weiß nicht, was die hiesigen Kollegen auf der Pressekonferenz um 10 Uhr öffentlich gemacht haben, deshalb weiß ich nicht, was ich Ihnen sagen darf.«

»Sie wissen, wie er getötet wurde?«

»Ja.«

»Ich dachte, Sie machen hier Urlaub.«

»Wenn man das ein paar Jahre macht, hat man einen Blick für vieles, dieses Mal kam mir der Zufall zu Hilfe, und ich konnte den Kollegen einen wichtigen Hinweis geben. Von einer Lösung des Falls sind wir jedoch weit entfernt.«

»Was genau machen Sie bei der Polizei?«

»Ich leite ein Ermittlungsteam bei der Kripo München.«

»Und in welchem Bereich?«

»Gewaltverbrechen.«

»Was macht das mit Ihnen?«

»Schwierig zu sagen. Meistens gelingt es mir, die berühmte Mauer zu errichten, meinen Beruf und mein Leben zu trennen. Der Beruf fasziniert mich nach wie vor, auch wenn es für eine Frau nicht immer so einfach ist, wie das diverse Fernsehfilme vorgaukeln.«

»Am Ende entscheiden aber nicht Sie, was mit dem Täter oder der Täterin geschieht.«

»Und das ist gut so. Ich habe zwar ein wenig Strafrecht und Rechtsphilosophie an der Uni gehört, aber ich möchte nicht auf der juristischen Seite stehen.«

»Was meinen Sie mit ›juristischer Seite‹?«

»Ich kann mir nicht vorstellen, Richter, Staatsanwalt oder Anwalt zu sein.«

»Warum?«

»Der Blick des Staatsanwalts und des Anwalts ist getrübt, die Verantwortung des Richters möchte ich nicht tragen. Das wusste ich, spätestens seit ich Kafka gelesen hatte.«

»Aber Polizistin sind Sie gerne?«

»Das Ermitteln, das Feststellen und Verifizieren von Fakten, das Zusammenspiel im Team, um einen Fall zu lösen, das fasziniert mich. Das interessiert mich auch an diesem Fall, der nicht meiner ist. Wenn ich hier zuständig wäre, würde ich Zeit investieren, um die Hintergründe offenzulegen.«

»Dabei kann man Dinge entdecken, von denen man später weiß, dass man sie besser nicht entdeckt hätte.«

»Meinen Sie nicht, dass die Wahrheit ans Licht gebracht gehört?«

»Nicht immer.« Die Stimme gehörte Anna Haberer, die von hinten hinzugetreten war. »Sie sind jung, Jana, und Sie sind verletzlicher, als Sie glauben. Es gibt Dinge, an denen man nicht rühren sollte. Es gibt Dinge, die in der Vergangenheit begraben liegen. Dort sollten sie bleiben.«

Jana sah sie ruhig an.

»Ich weiß, was Sie jetzt denken«, fuhr die alte Frau fort, »aber das ist es nicht. Es ist nicht die Sorge um mich, es ist die Sorge um andere.«

Jana trank ihr Glas aus und sah die beiden Frauen an. »Vielen Dank für den Saft und das Gespräch. Ich werde darüber nachdenken.« Sie stand auf, und bevor Anna Haberer pfeifen konnte, war Melitta an ihrer Seite.

»Sie scheinen eine Freundin gefunden zu haben.«

»Sieht ein wenig danach aus, oder?«

Sie lief mit Melitta in den Wald, der zunehmend dunkler wurde, je weiter sie dem Pfad folgte, der immer schmaler wurde. Nach einer Weile hielt sie an, um zu stretchen. Plötzlich stellte Melitta Fell und Ohren auf und begann zu knurren. Aus dem Unterholz auf der linken Seite des Pfads trat ein vierschrötiger Mann mit einem roten Gesicht, der eine dunkelgrüne Latzhose, ein schmutzig-weißes Hemd, eine Joppe und einen schmierigen Hut unbestimmter Farbe trug.

»Was treiben Sie hier?«, bellte er. »Das ist Privatbesitz.«

Jana holte zweimal tief Luft, dann antwortete sie: »Dann müssen Sie das kenntlich machen und den Weg sperren. Sonst gilt das allgemeine Wegerecht.«

»Ich werde dir gleich zeigen, was hier gilt!«, schrie er und machte einen Schritt auf Jana zu.

Melitta knurrte lauter und machte sich zum Sprung bereit.

Jana blieb ruhig, ging in Abwehrstellung und sagte laut: »Hauptkommissarin Vecera, Kriminalpolizei. Wer sind Sie eigentlich?«

»Also, Sie sind das«, zischte der Mann und sah sie böse an. »Dann werden wir uns sicher einmal wiedersehen.«

Damit drehte er sich um und verschwand im Wald.

Jana machte sich bewusst, dass sie in ihrer Kleidung keine Verfolgung aufnehmen sollte. Dann ging sie in die Knie, ohne den Blick von der Seite des Waldes zu nehmen, in die der Mann verschwunden war, und beruhigte Melitta.

»Komm«, flüsterte sie der Hündin zu, »ich glaube, das ist genug für einen Tag. Laufen wir nach Hause.«

Als sie am Haus der Haberers vorbeiliefen, sah ihnen Anna Haberer, die zwischen einigen Stauden stand, nach und sagte, mehr zu sich selbst: »Vielleicht verstehst du jetzt, was ich meine.«

»Ich dachte schon, ihr ernährt euch jetzt von Beeren und Pilzen«, kommentierte Franziska, als Hund und Kommissarin das Haus betraten.

»Mel hat sich im Garten vergnügt ...«

»Und du hast mit den Haberers geplaudert.«

»Ich habe Margarete kennengelernt und ein wenig mehr zu den Hexen erfahren.«

»Na, dann mach dich mal frisch, ich kümmere mich um Melitta. Wir essen gleich.«

Als Jana wieder in die Küche kam, saßen die anderen bereits um den Tisch, auf dem eine aromatisch duftende Schüssel stand. Der Inhalt war, zumindest nach Janas Meinung, undefinierbar. Sie musste skeptisch geschaut haben, denn Martin bemerkte: »Das hast du noch nie gegessen, aber du kannst es getrost probieren. Franzi kocht es ohne Schweinsfüße.«

Janas Gesichtsausdruck war skeptischer geworden und alle lachten.

»Darf man den Namen dieses Eintopfs erfahren?«

»Baeckeoffe.«

»Und das ist?«

»In unserem Fall Rindfleisch und Lamm, mit verschiedenen Gemüsen in Weißwein mariniert und dann zusammen mit Möhren, Kartoffeln und Lauch langsam gegart.«

»Ist das eine badische Spezialität?«

»Eigentlich kommt es aus dem Elsass«, meinte Eva.

»Na, dann.«

Es schmeckte ausgezeichnet. Beim Nachschlag fragte Jana: »Wenn man weiter in den Wald hineinläuft, gibt es da in der Nähe bewohnte Höfe oder so etwas?«

Martin legte die Gabel zur Seite. »Warum willst du das wissen?«

»Interessehalber.«

»Das glaube ich dir nicht.«

»Möchtest du den Watson geben?«

»Vielleicht wäre das besser.«

»Das ist schon die zweite Warnung, die ich heute erhalte.«

Franziska Keller sah sie erschrocken an. »Von wem kam denn die erste?«

»Von Anna Haberer.«

»Und wovor hat sie dich gewarnt?«

»Vor nichts Bestimmtem. Sie meinte nur, manches sollte man ruhen lassen.«

»Da hat sie nicht unrecht«, murmelte Martin Keller.

»Martin«, sagte seine Frau ernst, »was sagst du uns nicht?«

»Es gibt Dinge, an die man nicht rührt.«

»Wer ist der vierschrötige Kerl, Ende sechzig, Alkoholiker, gewaltbereit mit mangelnder Körperhygiene, der dort im Wald lebt?«, fragte Jana pointiert.

Martin legte die gefüllte Gabel wieder ab, senkte den Kopf und erwiderte: »Du bist ihm also begegnet.«

»Wer ist das?«, fragte Franziska, »und warum kennst du ihn?«

»Du kennst ihn auch.« Franziska Keller starrte ihren Mann an. »Josef Falter.«

»Vom ehemaligen Falterhof?«

»Genau der. Er lebt jetzt in einer Hütte am Waldrand, der ihm zum Teil gehört. Ist das Letzte, was ihm geblieben ist.«

»Und wovon lebt er?«

»Irgendeine Form von Rente, denke ich, vielleicht Bürgergeld, wie das jetzt heißt. Keine Ahnung.«

»Und wieso kennst du ihn?«

»Ich kenne ihn, so wie du ihn kennst. Aber ich höre mehr als du.«

»Und warum wolltest du Jana nichts über ihn sagen?«

»Das ist meine Sache.«

Jana hatte den Schlagabtausch der beiden mit zunehmender Unruhe verfolgt. »Begraben wir die Sache. Ich stelle einfach keine weiteren Fragen.«

Martin sah sie an. »Hat er dir etwas getan?«

»Martin!«, rief Franziska.

Jana schüttelte den Kopf. »Nein. Wenn er es versucht hätte, hätte ich ihn festgenommen. Es war einfach schräg. Er tauchte aus dem Nichts auf.«

»Was hat er gesagt?«

»Nachdem ich mich identifiziert hatte, machte er kehrt und sagte, wir sähen uns sicher wieder.«

»Was hat es mit all dem auf sich?«, mischte sich Franziska ein.

»Ich weiß es nicht, Franzi. Er ist eine von vielen Figuren, die in Geschichten hier immer wieder auftauchen.«

»In welchem Zusammenhang?«, fragte Jana.

Martin sah sie lange an, dann antwortete er: »Mit dem zweiten Mord.«

»Was willst du heute Nachmittag unternehmen?«, fragte Franziska, als ihr Jana beim Einräumen der Geschirrspülmaschine half.

»Das Diensthandy ausschalten und irgendwo den Kopf auslüften.«

»Nimm dir ein wenig Obst mit und fahr zum Rhein rüber. In Märkt gibt es ein altes Stauwehr am Altrhein, da kannst du parken, über eine Brücke nach Frankreich rüber und auf der Rheininsel spazieren gehen.«

»Klingt gut. Wie weit ist das von hier?«

»Zwanzig Minuten, vielleicht eine halbe Stunde.«

Franziska griff zwei Äpfel und zwei Birnen, gab sie in einen Beutel und drückte sie Jana in die Hand. »Viel Spaß.«

Als sie durch die Tür ging, quetschte sich Melitta neben ihr durch und folgte ihr zum Wagen. Jana sah sie schräg an. »Du willst jetzt nicht ernsthaft mit, oder?«

Melittas Blick war eindeutig. Jana ging zurück in die Küche und sagte zu Franziska: »Melitta will mit.«

»Sie verträgt Autofahren nicht sonderlich gut.«

»Was heißt das?«

»Schlimmstenfalls kotzt sie dir den Wagen voll.«

»Kann ich sie nach Frankreich mitnehmen, wenn ich wirklich rübergehe?«

Franziska nahm ein kleines blaues Heft aus einer Küchenschublade und gab es Jana. »Das ist ihr Heimtierausweis, den nehme ich immer mit, wenn ich mit ihr da spazieren gehe. Sie hat außerdem einen Chip im Ohr. Ich bin dort allerdings nie kontrolliert worden.«

»Und wenn ihr schlecht wird?«

»Das merkst du. Sie gibt dann komische Geräusche von sich. Dann hältst du an und lässt sie raus. Ach ja, nimm die Leine mit. Drüben würde ich sie anleinen.«

Nachdem sich Melitta standhaft weigerte, den Rücksitz des Minis einzunehmen, saß sie freudig auf dem Beifahrersitz und beobachtete die vorbeiziehende Landschaft. Wohl war Jana nicht dabei, aber Mel, wie sie den Hund bei sich nannte, schien es Spaß zu machen. Dank GPS fanden sie den Parkplatz am alten Wehr schnell. Jana leinte Mel an, was ihr einen skeptischen Blick einbrachte, und dann überquerten sie zusammen den Altrhein auf die Île du Rhin. Grenzbeamte waren nicht zu sehen, auch wenn Schilder darauf hinwiesen, dass sie jetzt in Frankreich waren.

Sie liefen an einem kleinen Kraftwerk vorbei und anschließend auf einem schmalen Landstreifen den Rhein entlang. Da niemand sonst unterwegs war, ließ Jana Melitta von der Leine, hoffend, dass sie hören würde, wenn sie sie rief.

In ihrer Handtasche meldete sich ein Handy und sie bemerkte, dass sie vergessen hatte, ihr Diensthandy abzustellen.

»Hallo, Kollegin.«

»Hallo, Herr Reutberger. Erfolgreicher Morgen?«

»Wie man es nimmt. Wir haben die Wohnung durchsucht und schriftliches Material beschlagnahmt. Die Wohnung war definitiv nicht der Tatort, aber ich hatte den Eindruck, dass dort schon jemand anderes etwas gesucht hat.«

»Wie kommen Sie darauf?«

»Dieser Kowalczyk war ein auffällig ordentlicher Mensch. Dokumente, Ausbildungsunterlagen ... alles war perfekt abgeheftet. Auch in der Küche, alles logisch und an seinem Platz. Und dann lagen ein paar Briefe auf dem Bett verstreut und in den Schubladen seines Schreibtischs herrschte totale Unordnung.«

»Haben Sie Fingerabdrücke genommen?«

»Ein ganzes Sammelsurium, aber nachdem er nicht aktenkundig ist, haben wir nur die zwei Fingerabdrücke von seinem Personalausweis. Die Jungs von der KTU waren nicht glücklich und meinten, das könnte länger dauern.«

»Na ja, manchmal braucht man Geduld.«

»Sie wissen ja, wie das ist. Der Chef will Resultate, die Medien einen Schuldigen.«

»Dann muss man den Mut haben, beiden zu sagen, dass vernünftige Ermittlungsarbeit Zeit braucht.«

»Das sagen Sie so einfach.«

»Das sage ich auch Kriminaldirektor Biedermann und den Nasen von der Münchner Presse, keine Bange.«

»Was machen Sie denn heute noch so?«

»Im Moment gehe ich mit Melitta auf der Île du Rhin spazieren und Sie haben Glück, denn eigentlich wollte ich das Diensthandy abschalten.«

»Melitta?«

»Die Hündin meiner Gastgeber, Herr Kollege. Erinnern Sie sich? Diejenige, die Ihre Leiche entdeckt hat.«

Er schien nachzudenken.

»Noch etwas«, ergänzte Jana. »Könnten Sie mir einen Gefallen tun?«

»Jeden.«

›Wenn er nicht schwul wäre, müsste ich langsam aufpassen‹, dachte sich Jana. »Machen Sie bitte eine Inpol-Abfrage zu einem Josef Falter, wohnhaft in oder bei Stopfingen. Vielleicht finden Sie auch etwas zu seiner Familie.«

»Und wozu brauchen Sie das?«

»Ich stochere hier ein wenig im Nebel herum.«

»Seien Sie bloß vorsichtig.«

Warnung Nummer drei.

»Warum?«

»Ich habe angefangen, die alten Akten zu studieren. Die Kollegen sind damals bei den Ermittlungen behindert und bedroht worden. Gegen ein oder zwei Leute wurde sogar Anzeige erstattet.«

»Schauen Sie sich das bitte genau an, und wenn da etwas Interessantes dabei ist, rufen Sie mich an. Telefonieren Sie im Moment über Ihr Diensthandy?«

»Nö.«

»Dann schicke ich Ihnen meine private Handynummer an diese Telefonnummer.«

In der nächsten Stunde nahm Melitta ein Bad im Rhein, Jana bekam eine Dusche ab und fragte sich zum ersten Mal in ihrem Leben, ob ein Hund nicht doch etwas für sie wäre. Sie liefen zurück zu dem alten Wehr, überquerten den Rhein und als sie vor ihrem Mini stand, dachte sie sich: ›Nichts gegen den Gesundheitspass, oder was immer es war. Ein Handtuch wäre nützlicher gewesen.‹

Eine Frau, die gerade zwei Kinder und zwei Hunde in einem Kombi verstaut hatte, bemerkte Janas fragenden Gesichtsausdruck und kam mit einem schon leicht angeschmutzten Handtuch über den Parkplatz. »Nicht mehr blütenweiß«, meinte sie. »Aber für eine Grobreinigung reicht's. Ich vermute mal, das ist nicht Ihrer.«

»Von meiner Gastgeberin geliehen«, grinste Jana. »Melitta hat mich adoptiert.«

Sie rubbelte Melitta trocken, so gut es ging, und reinigte die Pfoten etwas.

»Vielen Dank«, meinte sie zu der Frau.

»Nichts zu danken. Beim nächsten Mal wissen Sie ja, was Sie mitnehmen müssen, wenn Sie danach nicht den ganzen Wagen putzen wollen.«

Als Melitta in die heimische Küche stürmte, meinte Franzi: »Wie hast du die denn so sauber gekriegt? Ich hatte vergessen, dir ein Handtuch mitzugeben.«

»Nachbarschaftshilfe«, erwiderte Jana.

»Ich sehe schon: Irgendwann bekommst du einen Hund.«

»Du wirst lachen, daran habe ich vorhin ernsthaft gedacht, aber wenn ich meinen Dienstplan sehe, vor allem wenn wir einen Fall haben, ist das unrealistisch.«

Das Abendessen verlief unspektakulär, Jana hielt sich mit weiteren Fragen zurück und hoffte, dass Philipp Reutberger fündig würde. Dass es keinen Zusammenhang zwischen den ersten beiden und dem letzten Mord gab, war klar, aber sie fragte sich, ob man nicht doch etwas Klarheit schaffen könnte – auch wenn das hier niemand zu wollen schien.

7. Mittwoch

Jana wurde wach, als sie eine kalte Hundeschnauze im Gesicht spürte. Melitta hatte sich standhaft geweigert, ihren Platz auf der Matte vor Janas Bett zu räumen, und Jana hatte schließlich aufgegeben. Ein Blick auf ihre Armbanduhr zeigte, dass es Zeit für den morgendlichen Lauf war, eine Meinung, die Melitta zu teilen schien.

Jana verschwand kurz im Bad, zog sich an und ging mit Melitta in die Küche.

»Wenn du weg bist, werden die Mädchen ranmüssen mit dem Morgenlauf«, begrüßte sie Martin, der vor einer Tasse Kaffee saß.

Jana trank einen Schluck Orangensaft und wollte sich zum Gehen wenden, als Martin fortfuhr: »Sag mal, nimmst du zum Laufen kein Handy mit?«

»Ich habe mein Laufarmband zu Hause gelassen.«

»Haben die Mädchen nicht so etwas?«, fragte er Franzi. Sie ging in den Flur und kam mit zwei solcher Laufarmbänder zurück. »Schwarz oder Pink?«

»Dann doch lieber schwarz. Schauen wir mal, ob das Handy reinpasst.«

»Ich glaube, ihr habt beide eines mit dem angebissenen Apfel«, brummte Martin.

»Ist das so schlimm?«

»Der Preis ist schlimm.«

Ihr Handy passte in die Hülle und verband sich sogleich mit ihrer Uhr.

»Na, dann komm, Melitta.«

Es war, wie in den vergangenen Tagen, angenehm kühl und mittlerweile war sie wieder in ihrem Laufrhythmus, sodass die beiden flott, aber ohne größere Anstrengung unterwegs waren. Melitta schien auf einen weiteren Besuch bei den Haberers zu hoffen, aber als niemand im Garten war, folgte sie Jana in den Wald. Auch hier gab es an diesem Tag keine Überraschungen, höchstens ein vorwitziges Eichhörnchen, das knapp vor ihnen den Weg kreuzte.

Kurz vor halb zehn erreichte sie wieder den Hof der Kellers und Jana war erstaunt, Eva und Lena beim Frühstück in der Küche vorzufinden.

»So früh schon wach?«, fragte sie mit ironischem Unterton.

»Papa sagt, wir müssen am Markt aushelfen. Heute soll viel los sein.«

»Und wie kommt ihr nach Freiburg?«

»Mit der S-Bahn«, sagten beide wie aus einem Mund und zogen die Mundwinkel runter.

»Jetzt stellt euch mal nicht so an«, kommentierte Franzi. »Das dauert eine knappe Stunde. Da kann man prima ein Buch lesen.«

Lena verdrehte die Augen.

Jana fuhr sich durchs Haar. »Den Markt wollte ich mir sowieso ansehen. Wenn man da parken kann, können wir zusammen fahren.«

Die Miene der beiden Mädchen hellte sich deutlich auf.

»Wann sollt ihr denn da sein?«

»So gegen elf, meinte Papa.«

»Das kriegen wir hin«, sagte Jana und lief nach oben, um zu duschen.

Als sie wieder runterkam, waren die Mädchen bereit zum Aufbruch und Franziska reichte ihr eine orange Plastikkarte und einen schwarzen Filzstift.

»In das Feld trägst du dein Kennzeichen ein. Die Mädels wissen, wo unser Stand ist, dahinter haben wir zwei Parkplätze, da kannst du parken. Fahr langsam und lege die Karte deutlich sichtbar aufs Armaturenbrett, deine Kollegen in Uniform kontrollieren. Wenn es eine blöde Frage wegen des Münchner Kennzeichens gibt, dann bist du ...«

»... eine Tante, die aushilft«, vervollständigte Eva den Satz. »Tante Jana klingt doch gut.«

»Dann los, ihr zwei Nichten.«

Sie nahm dieses Mal die Autobahn und plauderte mit den Mädchen über die bescheuerte Musik im Radio und darüber, dass die Jungs heute genauso dämlich sind wie vor 20 Jahren. In Freiburg verließ sie sich weniger auf GPS als auf die Ortskenntnis der Mädchen, die sie sicher zum Münstermarkt lotsten. Ein Polizeibeamter, der erst einen kritischen Blick auf ihr Kennzeichen geworfen hatte, erkannte anscheinend Eva und winkte sie durch.

»Ein Verehrer?«, fragte Jana.

»Gott bewahre«, meinte die. »Der ist doch uralt. Aber er ist nett. Wir haben schon ein paar Mal mit ihm geplaudert. Die Polizisten wissen, dass sie bei uns immer Obst bekommen.«

»Beamtenbestechung«, murmelte Jana, während die beiden Mädchen grinsten und sie sich fragte, was sie war, wenn dieser junge Kollege ›uralt‹ war. Sie hatte ihn auf 25 geschätzt. Aber wahrscheinlich durften Tanten älter sein.

Als sie den Wagen hinter den Stand fuhr, drehte sich Martin um, runzelte die Stirn, schaute ein weiteres Mal und grinste dann breit. Die drei stiegen aus und gingen zum Stand. Lena erklärte: »Das ist Tante Jana, die hilft heute aus.«

»Aber nur als Chauffeuse«, erwiderte die neu ernannte Tante.

»Hast du denn wenigstens anständig gefrühstückt?«, wollte er wissen. »Ein gutes Frühstück ist die wichtigste Basis für einen erfolgreichen Markttag.«

»Ich dachte, es wären viele Kunden«, meinte Jana schlagfertig. »Aber wenn es danach geht, wird es kein guter Markttag. Bei mir war es nur ein Glas Orangensaft.«

»Habt ihr Hunger, Mädels?«, wollte Martin wissen.

»Obst, Papa!«, lautete die unisono Antwort.

»Lena, spring mal zum Georg rüber und hol uns zwei lange Rote. Ich zahl später.«

»Lange Rote?«, fragte Jana.

»Musst du probieren«, meinte er.

Lena kam schnell zurück und Martin und Jana labten sich an einer Freiburger Spezialität, während sich die Mädchen um die zahlende Kundschaft kümmerten.

Eine Stimme, die Jana bekannt vorkam, sagte hinter ihnen: »Drei von den Gravensteinern und dann brauche ich noch Birnen.«

Martin und Jana drehten sich um und blickten in das erstaunte Gesicht von E. O. Hansen.

»Was machen Sie denn hier, Frau Kollegin?«

»Offiziell hilft Tante Jana aus«, sprudelte Lena heraus, »aber in Wirklichkeit isst sie nur eine lange Rote mit Papa.«

Jana hatte ihre Wurst aufgegessen und konnte somit entgegnen: »Alles Lug und Trug, Herr Kollege. Ich bin hier nur das Taxiunternehmen.«

»Und ich vermute, Sie wollten einmal Münstermarkt-Luft schnuppern. Wenn Martin Sie aus seinen Klauen entlässt, könnten Sie mich ein wenig begleiten.«

Sie sah Martin an.

Der meinte: »Klar doch, die Mädchen schaffen das locker. Vielleicht helfe ich ein wenig.«

Die Mädchen schauten grimmig.

»Ruf mich an, wenn etwas ist«, meinte Jana und verschwand mit E. O. Hansen.

»Wie laufen denn die Ermittlungen?«

»Ich betreibe nichts dergleichen.«

»Sie wissen, was ich meine.«

»Ich habe Ihren Erbprinz oder wie immer Sie ihn genannt haben, näher kennengelernt.«

»Königliche Hoheit.«

»Ich finde, er ist gar nicht so übel. Ich weiß nicht, ob er im richtigen Beruf gelandet ist, aber mit einem wohlmeinenden, guten Vorgesetzten kann ein guter Kriminalist aus ihm werden.«

Hansen sah sie nachdenklich an. »Wissen Sie, das stand fast wörtlich so in meinem Kommentar zu seiner letzten Beurteilung. Er hat noch einiges zu lernen.«

»Und er ist bereit dazu. Aber man muss ihn vernünftig anpacken.«

»Möchten Sie nach Lörrach wechseln?«

»Nein, danke«, lachte sie.

»Gibt es Konkretes zu den Fällen?«

»Dass man diesen Kowalczyk identifiziert hat, haben Sie mitbekommen?«

»Und ich frage mich, wie der junge Mann das geschafft hat.«

»Kowalczyk hat mal bei den Kellers gearbeitet.«

Er blieb stehen und sah sie an. »Ich hätte mir denken sollen, dass Sie da Ihre Hand im Spiel hatten.«

»Es war Zufall, Herr Hansen.«

»Sagen Sie doch E. O.«

»Ich heiße Jana. Reutberger hatte mir das Bild mitgegeben, das sie auf der PK verteilen wollten, und Franziska Keller hat den Mann erkannt.«

Er lächelte verschmitzt: »Die Hausdurchsuchung hat er dann aber schnell durchgeführt.«

Jana nickte.

»War das auch Ihr Werk?«

Sie zuckte mit den Schultern.

»Ist etwas dabei herausgekommen?«

»Reutberger vermutet, dass jemand vor ihnen da war. Nach dem, was er mir geschildert hat, würde ich zustimmen.«

»Spannend. Sind Sie im Dorf weitergekommen?« Er warf einen Blick auf seine Armbanduhr. »War diese Rote Ihre Idee oder die von Martin Keller?«

»Seine.«

»Es gibt hier ums Eck einen guten Elsässer Flammkuchen. Da können wir mit etwas mehr Ruhe plaudern. Darf ich Sie einladen?«

Sie warf einen Blick zurück über den Markt auf den Stand der Kellers. »Ich weiß nicht.«

»Sie waren doch nur das Taxi«, meinte er lächelnd. »Und das Taxi darf erst um 14 Uhr wieder fahren. Geben Sie Ihrem Herzen einen Stoß.«

»Also gut.«

Kurz darauf saßen sie in einem kleinen begrünten Innenhof und E. O. Hansen bestellte Flammkuchen und einen Osterberg.

»Osterberg?«

»Das ist ein Riesling. Also nicht irgendein Riesling. Aber jetzt erzählen Sie mal.«

»Ich bin gewarnt worden.«

»Bitte?«

»Ja, durch die Blume. Von Anna Haberer, von Martin Keller und auch von Philipp Reutberger, der mir erzählt hat, Kollegen seien nach dem zweiten Mord anno 1996 angegriffen worden.«

»Der Reutberger hat Sie gewarnt?«

Sie nickte. »Er hat die alten Akten gelesen.«

»Der hat die alten Akten gelesen?«

»Warum nicht?«

»Weil er das nie getan hat.«

»Ich glaube, E. O., ihr habt ihn alle in eine Schublade einsortiert. Das ist meistens ein Fehler.«

Er sah sie nachdenklich an. »Erzählen Sie bitte weiter, Jana.«

Ihre Flammkuchen kamen, dazu eine Flasche Wein in einem Kühler, die E. O. probierte und dann zustimmend nickte. Ihre Gläser berührten sich und Jana nahm einen ersten Schluck.

»So einen habe ich hier noch nie getrunken.«

»Das ist das Terroir, die Menschen und die späte Sonne, gefüllt in Flaschen. Genießen Sie ihn.«

Sie begann, ihren Flammkuchen zu zerteilen.

»Sie wollten mir etwas erzählen«, meinte Hansen.

»Da war ein merkwürdiges Erlebnis. Als ich gestern mit Melitta laufen war, kam ein vierschrötiger Mann aus dem Unterholz, drohte mir und verzog sich wieder, nachdem ich ihm meinen Dienstgrad und Namen genannt hatte. Er meinte, wir sähen uns wieder.«

»Hat der Mann einen Namen?«

»Martin meinte, er hieße Josef Falter. Ich habe Reutberger gebeten, eine INPOL-Abfrage zu machen.«

E. O. Hansen schob sich nachdenklich ein weiteres Stück Flammkuchen in den Mund. »Falter. Den Namen habe ich schon einmal gehört. Ich glaube sogar im Zusammenhang mit Stopfingen, aber die Details sind mir im Moment entfallen. Essen wir erst einmal.«

Als er seinen Teller weggeschoben und ein weiteres Glas Wein eingegossen hatte, schnippte er mit den Fingern. »Wenn ich mich richtig entsinne, gab es da einen weiteren Mordfall, bevor dieser Adolf Wagner umgebracht wurde. Der Getötete hieß Falter, aber nicht Josef. Irgendetwas mit ›A‹, Armin, Arthur, Anton. Ja, ich glaube, er hieß Anton. Lassen Sie den Reutberger mal dazu eine Abfrage machen. Vielleicht stößt er sogar auf den Namen, wenn er die Akte zu dem Fall von 1996 liest.«

»Sie meinen, das könnte wichtig sein?«

»Nicht für unseren heutigen Fall, aber ich hatte den Eindruck, Sie würden gerne ein wenig Licht ins Dunkel bringen?«

»Mich würde interessieren, warum der alte Mann mich offensichtlich kannte.«

»Wie kommen Sie darauf?«

»Als ich meinen Namen nannte, meinte er: ›Ach, Sie sind das!‹«

»Nachdem Sie die Leiche gefunden haben ... Sie wohnen bei Kellers, Sie haben ein Auto mit Münchner Kennzeichen ... da braucht nur einer der Lörracher Beamten in Stopfingen wohnen oder dort Familie haben, dann ist die Katze aus dem Sack. Und wie schnell sich so etwas auf einem Dorf verbreitet, wissen Sie selbst.«

»Bei Kowalczyk bringt uns das aber keinen Deut weiter.«

»Stimmt, das ist ziemlich verfahren.«

Als sie gegen halb zwei zum Markt zurückging, hatten die Marktkaufleute mit dem Aufräumen angefangen. Auch am Stand der Kellers wurden Obstkisten in einen Transporter verladen und Martin war mit Eva dabei, den Stand abzumontieren.

»Na«, fragte Martin. »Wie gefällt dir der Markt?«

»Interessante Auswahl. Ist der jeden Tag?«

»Ja. Abgesehen von unseren Kunden in Handel und Gastronomie ist das unser wichtigster Vertriebsweg. Aber, sag mal, E. O. nannte dich Kollegin. War der bei der Polizei?«

Sie war erstaunt, dass Hansen es geschafft hatte, seinen Beruf in einer relativ kleinen Stadt wie Freiburg geheim zu halten.

»E. O. war der Chef der Kriminalpolizei.«

»... mit dem du gestern gesprochen hast.«

»Genau. Aber unser heutiges Zusammentreffen war eher zufällig.«

Sie half beim weiteren Zusammenräumen mit. Als sie fertig waren, fragte sie Martin: »Sag mal, sagt dir der Name Anton Falter etwas?«

Er legte einen Schraubenschlüssel aus der Hand, sah sie an und meinte: »Du lässt nicht locker, oder?«

»Ich bin von Natur aus neugierig.«

»Hier sagt man: ›Zu viel Neugier bringt die Katz unters Rad‹.«

»Das Risiko muss ich eingehen.«

»Anton war der Sohn vom alten Falter, also von Josef. Er wurde ein Jahr, bevor man Adolf Wagner ermordet hat, erschlagen aufgefunden. Es hatte offenbar einen Kampf gegeben, denn er hatte zwei gebrochene Rippen, eine gebrochene Nase und Abschürfungen an den Fingerknöcheln. Gestorben ist er an einer Gehirnblutung. Sein Gegner hatte einen Schlagring benutzt.«

»Ein Detail, für das Adolf Wagner bekannt war.«

»Woher weißt du das?«

»Das war ein Schuss ins Blaue, aber du hast es gerade bestätigt. Wäre ich hier zuständig, wüsste ich es aus den Akten. Vermutlich hat man ihn verhört, aber konnte nichts beweisen.«

»Wie immer. Wie schon beim Alten.«

»Bei Heinrich Wagner?«

»Auch der besaß einen Schlagring. Angeblich gehörte der von Adolf sogar früher seinem Vater. Die Nazis haben gerne geprügelt. Vor allem auf die Schwächeren.«

»Wir wären dann soweit«, sagte Lena. »Und wir haben Hunger.«

»Ihr wolltet doch nur Obst essen.«

»Papa!«

»Wollt ihr mit mir zurückfahren?«, fragte Jana.

»Ja, bitte«, kam die zweistimmige Antwort. »Mit Papa dauert es doppelt so lang.«

»Darf ich dich der Gesellschaft deiner Töchter berauben?«

»Berauben? Entlasten!«

»Du bist unmöglich, Papa!«, ließ sich Lena vernehmen.

»Warum kümmerst du dich um diese alten Morde?«, wollte Eva wissen, als sie wieder auf der Autobahn waren.

»Mord verjährt nicht, Eva«, antwortete Jana. »Wenn du es pathetisch willst: ›Das Blut deines Bruders schreit vom Erdboden her zu mir‹ steht in der Bibel. Das ist einer der Gründe, warum wir heute noch die Gräueltaten der Nazis verfolgen.«

»Papa sagt, das bringt nur Unruhe ins Dorf«, meinte Lena.

»Ein nicht aufgeklärter Mord ist wie eine nicht heilende Wunde, Lena. Sie gerät nicht in Vergessenheit, sie bricht immer wieder auf. Die letzte dieser beiden Taten ist gerade einmal 20 Jahre her.«

»Bist du deshalb so hinter dieser Sache her?«

»Ich bin gar nicht hinter ihr her, sie kommt eher zu mir. Josef Falter hat mich bedroht, sonst wäre ich nie auf ihn gekommen. Ich habe im Dorf nicht herumgeschnüffelt, sondern nur mit euch und den Haberers gesprochen. Aber ich kann nicht anders als beobachten und Schlüsse ziehen.«

»Papa sagt, du bist gut, vielleicht zu gut«, rutschte es Lena raus.

»Lena!«, rief ihre Schwester.

»Keine Angst. Was ihr mir sagt, bleibt bei mir. Außerdem nehme ich das als Kompliment«, meinte sie lächelnd.

»Ihr lasst euren armen Vater allein nach Hause fahren«, klagte Franziska Keller, als sie zu dritt die Küche betraten.

»So ein Mini ist einfach schneller«, feixte Eva.

»Und cooler«, fügte Lena hinzu.

»Möchtest du die beiden nicht für ein paar Tage mit nach München nehmen?«, fragte die Mutter. »Dann hätten wir hier mal Ruhe.«

»Das ist ja die Höhe«, meinte Eva mit gespieltem Ernst.

»Was riecht hier eigentlich so verführerisch?«, unterbrach Jana den Wortwechsel.

»Elsässer Spätzle«, sagten die Mädchen im Chor.

»Aber gegessen wird erst, wenn euer schwer arbeitender Vater zurück ist.«

»Wer hat denn den ganzen Morgen geschuftet?«, maulten die beiden, verdrückten sich dann aber nach oben.

»Haben sie dich sehr genervt?«, wollte Franziska wissen.

»Mitnichten. Wir haben über alles Mögliche, von schlechter Musik bis doofe Jungs gequatscht.«

»Du wärst keine schlechte Tante.«

»Das haben die Mädchen auch schon festgestellt«, kommentierte Jana, als Martin die Küche betrat.

»Lecker«, meinte er, nachdem er seiner Frau einen Kuss gegeben und einen Blick in den Backofen geworfen hatte.

Nach dem späten Mittagessen rief Jana von ihrem Zimmer aus Philipp Reutberger an.

»Commissaria!«, meinte der.

»Noch im Büro, Herr Kollege?«, antwortete Jana. »Freut mich, dass Sie in moderner Sprachpraxis sprechen.«

»Wie meinen Sie das?«

»Im offiziellen Italienisch bin ich immer ein Commissario. Aber Scherz beiseite: Haben Sie etwas zu Josef Falter gefunden?«

»Nein.«

»Versuchen Sie es einmal mit Anton Falter oder gehen Sie die Ermittlungsakte zum Fall Adolf Wagner durch. Gemäß meinen Informationen ist der junge Falter etwa ein Jahr vor der Ermordung Wagners nach einer Prügelei an einer Hirnblutung gestorben. Angeblich hat der Täter einen Schlagring benutzt, etwas, das auch Vater und Sohn Wagner gerne verwendet haben.«

»Was versprechen Sie sich davon?«

»Für unseren«, sie korrigierte sich, »Ihren jetzigen Fall nichts. Für den Fall von 1996 – wer weiß.«

»Ich dachte, man hatte Sie gewarnt.«

»Die Katz kommt unters Rad, oder so. Habe ich heute schon gehört. No risk no fun. Ist das nicht eher das Motto Ihrer Generation?«

»Ich weiß nicht.«

»Mord verjährt nicht.«

»Passen Sie bloß auf sich auf.«

»Wissen Sie etwas, das ich nicht weiß?«

»Nein«, er stockte einen Moment. »Aber ich würde Sie gerne wiedersehen.«

»Und was sagt John dazu?«

Reutberger lachte. »Ich liebe John, aber ich mag Sie. Das ist etwas anderes.«

»Machen Sie einen Vorschlag.«

»Treffen wir uns doch in Rötteln. Da können wir ein wenig spazieren gehen und ein Glas trinken.«

»Und wo ist dieses Rötteln?«

»Das ist eine Burgruine in der Nähe von Lörrach. Vertrauen Sie einfach Ihrem GPS.«

Sie sah auf ihre Uhr. »Viertel nach fünf?«

»Ich freue mich.«

Sie sah sich den Weg nach Rötteln auf ihrem Handy an, sagte Franzi, dass sie sich die Burgruine anschauen wollte, und fuhr los.

Als sie auf den Parkplatz fuhr, stand da ein schwarzer Porsche, dem Philipp Reutberger entstieg.

»Schön, dass Sie kommen konnten«, meinte der, während er einen Handkuss andeutete.

»Lusingatore.«

Er sah sie fragend an.

»Sie müssen an Ihrem Italienisch arbeiten, Herr Kollege.«

»In dieser Gegend eher an meinem Französisch.«

»Kein Sprachtalent?«

»Meine Lehrer pflegten eher einen Mangel an Fleiß zu attestieren.«

Jana musste lachen.

Sie liefen an der Burgruine vorbei Richtung Wald.

»Warum hier?«

»Sie waren doch schon am Rhein und ich finde den Vater Rhein hier furchtbar zugebaut mit Industrie. Hier oben ist er ruhiger, schöner.«

»Halten Sie sich für einen Romantiker?«

»In mancher Hinsicht, ja«, antwortete der junge Mann. »Möglicherweise als Gegenreaktion auf mein familiäres

Umfeld, das für meinen Geschmack zu sehr an Erfolg und Prestige ausgerichtet war.«

»Aber Prestige ...«

»Sie meinen die Klamotten und den Wagen. Ja, ich lege Wert auf gute Kleidung. Gute Kleidung ist teuer, aber mein Onkel betreibt einen Großhandel und ich komme an das, was ich trage, zu einem Bruchteil des Einzelhandelspreises heran.« Er sah sie an. »Ich trage nur Dinge, die zu mir passen, und die meisten Kollegen haben nicht Ihren Blick und können nicht einschätzen, was das Zeug kostet.«

»Unterschätzen Sie nie die Neugierde und den Neid von Kollegen.«

»Schlechte Erfahrungen?«

»Nur mit Kolleginnen.«

Sie gingen ein paar Schritte.

»Wollen Sie Polizist bleiben?«, fragte Jana.

»Mir ist noch nichts Besseres eingefallen.«

»Spätestens seit Karl Lagerfeld wissen wir, dass man sich regelmäßig neu erfinden muss.«

»Mochten Sie ihn?«

»Ich bin ihm nie begegnet, aber ich fand sein psychologisches Profil interessant.«

»Möchten Sie zum BKA?«

»Nein. Ich mag, was ich tue, aber ich weiß nicht, ob ich das bis an mein Lebensende machen werde.«

»Sie sind doch Beamtin.«

»So what? Vielleicht möchte ich irgendwann Zirkusclown werden. Oder Puffmutter.«

Er lachte lauthals. »Eine Kollegin wie Sie habe ich noch nie kennengelernt.«

»Dann war es Zeit. Wenn Sie in dem, was wir im Moment machen, mehr Spaß haben wollen, müssen Sie lernen, genauer hinzusehen. Sie müssen die Brille, die Ihnen Ihre Erziehung verpasst hat, abnehmen und den Blick auf das Kleine, das Gewöhnliche richten. Die meisten Verbrecher stolpern über genau das.«

Er war stehen geblieben und blickte sie an. »Schade, dass Sie nicht hier Dienst tun.«

Sie fuhr sich durch ihre langen, blonden Haare. »Ich mag es hier. Ich mag diese dörflichen Geheimnisse, aber ich bin ein Großstadtkind. Ich weiß nicht, ob ich hier glücklich würde.«

»Gehen wir zurück. Vielleicht bekommen wir noch ein Glas Wein.«

Halb sieben standen sie wieder bei ihren Autos.

»Sehen Sie sich die Wohnung noch einmal genau an. Denken Sie an das, was ich Ihnen gesagt habe. Das Kleine.«

»Kommen Sie mit?«

»Sie werden mir jetzt nicht erzählen, Sie hätten den Schlüssel dabei.«

»Der ist gleich geholt.«

Sie überlegte kurz. »Also gut. Weil Sie es sind. Bringen Sie Handschuhe oder besser noch Anzüge mit.«

»Die mag ich nicht.«

»Möchten Sie, dass jemand bei der Nachuntersuchung lange blonde Haare findet?«

Kurz nach sieben trafen sie sich vor dem Haus, in dem sich die versiegelte Wohnung Pavel Kowalczyks befand. Sie gingen die Treppe hoch, Jana zwängte sich in einen weißen Plastikanzug und stopfte ihre Haare unter ein ebensolches Mützchen.

Die Wohnung wirkte selbst nach der Durchsuchung aufgeräumt. Jana ging durch die Küche, öffnete Keramikdosen mit Gewürzen, stieß auf ein altes Salzfass, in dem sich kleinere Münzen befanden.

Als Nächstes nahm sie sich den Schreibtisch vor. Die Schubladen waren leer, hier hatten die Kollegen schon ausgeräumt. Als sie die unterste Schublade herauszog und zur Seite legte, fielen ihr auf der Rückseite zwei lose Textilklebebänder auf.

»Herr Reutberger?«

Reutberger stand vor dem Bücherregal und las die Titel. »Ja.«

»Haben Sie entfernt, was hier befestigt war?«

»Nicht, dass ich mich erinnere.«

»Ich befürchte, dass hier befestigt war, was unser Täter gesucht hat. Kann ein USB-Stick gewesen sein oder ein Schlüssel. Nachdem Sie den Schlüsselbund bei der Leiche gefunden haben, heißt das für mich, dass er Kowalczyk umgebracht hat und dann hierher gefahren ist, um zu finden, was er gesucht hat. Erst danach hat er die Leiche im Wald drapiert, wo Melitta sie fand.«

»Jetzt müssten wir nur noch wissen, was das Objekt seiner Begierde war.«

»Und damit ist der Ball wieder in Ihrem Spielfeld, verehrter Herr Kollege.«

Als sie wieder am Kellerhof ankam, war es kurz nach neun. Martin und Franziska saßen im Wohnzimmer. Er las die Zeitung, sie ein Buch.

»Das war aber ein langer Spaziergang.«

»Wir haben noch einen Besuch in der Wohnung des Ermordeten gemacht.«

»Gibt es etwas Neues?«, fragte Franziska.

»Einen Verdacht.«

»Und der wäre?«, meinte Martin.

»Möchtest du jetzt auch in die Ermittlungen eingebunden werden?«

»Nein, danke. Ich bin nur, wie sagtest du doch so schön, neugierig.«

»Ich denke, der Täter hat etwas gesucht. Was, wissen wir nicht.«

»Magst du ein Glas Wein?«, wollte Franziska wissen.

»Einen Schlummertrunk? Warum nicht.«

Sie hörte Melitta die Treppe hinunterkommen.

»Sie hat oben auf dich gewartet«, meinte Martin schelmisch.

Der Hund legte seine Schnauze auf Janas Oberschenkel und holte sich ein paar Streicheleinheiten ab.

Es schlug von der Kirchturmuhr elf, als Jana zu Bett ging und Melitta sich auf dem Bettvorleger zur Ruhe begab.

Als Nächstes spürte sie eine kalte Hundeschnauze an ihrer Wange und der Hund gab ein fiepsendes Geräusch von sich. Sie brauchte einen Moment, um ganz wach zu werden und die Situation zu umreißen, dann setzte sie sich im Bett auf und nahm Melittas Kopf in beide Hände.

»Was hast du denn? Schlecht geträumt? Ich dachte, das passiert nur mir.«

Melitta hob den Kopf ruckartig, drehte ihn zur Zimmertür und gab jetzt ein leises Knurren von sich.

»Was ist denn? Ist etwas mit den Mädchen?«

Der Hund lief zur Tür und knurrte lauter. Jana stand auf, schaltete das Licht an und schlüpfte in ihre Laufschuhe. Als sie die Tür öffnete, sah sie einen Schatten die Treppe hinunterlaufen, und als sie unten die Haustür hörte, schrie Lena in ihrem Zimmer.

Jana stürzte zu Lenas Zimmer, die Tür war nur angelehnt. Sie stieß die Tür auf und schaltete das Licht an. In diesem Moment kam Martin die Treppe hochgelaufen.

»Was ist denn los?«

Jana hob die Hand und ging langsam zu Lenas Bett.

»Alles okay, Lena.« Sie strich ihr übers Haar. »Alles okay.«

Lena begann zu weinen, als Franziska ins Zimmer kam.

»Was ist passiert?«, fragte Jana ruhig.

»Ich dachte, ich hätte einen schlechten Traum. Ich sah einen Mann, einen dunklen Mann in meinem Zimmer. Er kniete da am Boden.« Sie wies auf einen Punkt auf dem Dielenboden. »Ich dachte immer noch, ich träume, als ich den Mann ansah. Aber dann schaute er auf, legte einen Finger an die Lippen, stand langsam auf und schlüpfte durch die Tür. Da merkte ich, dass es kein Traum war, und ich weiß nicht, was als Nächstes geschah.«

»Du hast geschrien und ich kam mit deinem Papa in dein Zimmer.«

»Habe ich doch nur geträumt?«

»Nein, hast du nicht. Ich habe einen Schatten auf der Treppe gesehen und gehört, wie die Wohnungstür geschlossen wurde.«

»Warum bist du nicht hinterher?«, sagte Martin.

»Weil mir Lena wichtiger war, weil ich nicht bewaffnet bin und vielleicht«, sie blickte an sich herunter, »weil ich für eine Verfolgungsjagd etwas unpassend gekleidet bin.«

Er sah sie bewundernd an. »Wie kannst du nur so ruhig bleiben? Es hätte sonst etwas passieren können.«

»Ja, wenn ich ihm nachgelaufen wäre und er bewaffnet gewesen wäre. Er hat hier etwas gesucht. Niemand begeht in einem solchen Umfeld eine Vergewaltigung, und wer könnte Interesse daran haben, Lena zu entführen?«

Sie stand von Lenas Bett auf und ging in die Knie, um den Boden, wo der Eindringling angeblich gehockt hatte, zu inspizieren. An einem Brett sah sie Kratzer und eine Schraube war gelockert worden. »Hast du eine große Plastiktüte, Franzi?«

»Hier ist alles Bio«, antwortete Lena, die sich wieder gefangen zu haben schien.

»Wir haben Plastiksäcke in der Lagerhalle«, meinte Martin.

»Holst du bitte einen? Und bring Klebeband mit.«

»Was hast du vor?«

»Einen Tatort sichern. Alles Weitere machen wir morgen. Ein wenig mehr Schlaf wird uns guttun.«

Martin ging nach unten und Jana wandte sich wieder Lena zu: »Bist du okay? Denkst du, du kannst wieder einschlafen?«

»Möchtest du bei uns schlafen?«, fragte Franzi.

»Ich bin doch keine fünf mehr«, antwortete Lena.

Jana setzte sich neben sie und fühlte ihren Puls. Ruhig und regelmäßig. »Souverän«, meinte sie lächelnd und zwinkerte Lena zu.

Martin kam mit einem großen, grauen Plastiksack die Treppe hoch. »Ist frisch aus der Verpackung, sollte sauber sein.«

»Wunderbar. Hilf mir mal.«

Sie breiteten den Plastiksack über dem gelockerten Brett aus und fixierten ihn mit Kreppklebeband. »Nicht drauftreten, wenn's geht«, meinte Jana, und zu Lena gewandt:

»Versuch, wieder einzuschlafen. Alles Weitere klären wir morgen.«

»Wieso warst du so schnell hier draußen?«, fragte Martin, nachdem sie die Tür zu Lenas Zimmer geschlossen hatten.

»Melitta hat mich geweckt.«

»Und wo ist sie jetzt?«

»In meinem Zimmer. Lass uns kurz runtergehen.«

Sie öffnete die Haustür, die nicht abgeschlossen war.

»Schließt du hier abends nicht ab?«

»Doch, bevor Franzi und ich zu Bett gehen.«

»Hast du heute abgeschlossen?«

Martin sah Franzi an und die nickte. »Er hat. Ich stand daneben.«

Jana lief zu ihrem Zimmer hoch und kam mit einer kleinen, aber starken Taschenlampe zurück, um das Schloss zu inspizieren.

»Wer hat einen Schlüssel zu diesem Schloss?«

»Jeder von uns und ich habe einen Reserveschlüssel in meinem Schreibtisch.«

»Wann ist das Schloss das letzte Mal ausgetauscht worden?«

»Seit dem Umbau noch nie.«

»Und wann war der?«

»2002.«

»Warum willst du das alles wissen?«, fragte Franzi, die mehr als ihre Tochter unter Schock zu stehen schien.

»Weil der Täter meiner Meinung nach einen Schlüssel gehabt hat.«

Die beiden Kellers sahen sich perplex an.

»Aber das klären wir morgen. Ich hole mir jetzt einen Schluck Orangensaft und versuche, wieder einzuschlafen.«

»Soll ich abschließen?«

Jana überlegte kurz und meinte dann: »Der kommt nicht zurück und ich möchte, dass sich die Spurensicherung das Schloss morgen anschaut.«

Melitta wartete auf sie und sie schmuste ein wenig mit der Hündin.

»Das hast du gut gemacht«, flüsterte sie in ihr rechtes Ohr. Anschließend zog Jana die dünne Bettdecke bis unters Kinn und versuchte, das zu erlangen, was man im Buddhismus ›innere Leere‹ nennt. Zehn Minuten später schliefen Hund und Kommissarin.

Als sie kurz darauf etwas an ihrer Schulter spürte, dachte sie zuerst, Melitta sei noch einmal wach geworden, aber es war Lena.

»Kann ich bei dir schlafen?«

»Klar. Komm.«

8. Donnerstag

Es war kurz vor neun, als Jana erwachte. Lena atmete ruhig und schlief noch tief. Melitta rappelte sich auf, aber schien zu verstehen, dass sie es ruhig angehen lassen würden. Jana kletterte vorsichtig über Lena, zog sich ihre Laufklamotten an und huschte aus dem Zimmer. Im Haus war es ruhig, sie vermutete, dass sich Martin früh nach Freiburg aufgemacht hatte, denn der Transporter war verschwunden. Melitta und sie liefen in Richtung Wald.

Sie versuchte, Ordnung in ihre Gedanken zu bringen, Prioritäten zu setzen und sich gleichzeitig klarzumachen, dass sie hier im Urlaub sei. Es misslang. Irgendetwas stimmte nicht. In den meisten Kriminalfällen hingen die Ereignisse im näheren Umfeld auf die eine oder andere Weise miteinander zusammen. Was hatte der Tod dieses vormals polnischen Elektrotechnikers mit dem Besuch eines Unbekannten in Lenas Zimmer zu tun? Wer hatte was in der Wohnung des Ermordeten gesucht?

Je länger sie beim Laufen darüber nachdachte, desto mehr glaubte sie, dass die zwei ursprünglichen Morde von dem, was jetzt geschah, nur ablenkten. Auch Melitta schien ihren eigenen Gedanken nachzuhängen, denn sie liefen am Haus der Haberers, ohne anzuhalten, vorbei. Als sie sich der Stelle näherten, wo letztes Mal der alte Falter aus dem Gebüsch gebrochen war, wurde sich Jana bewusst, dass sie ihr Telefon nicht dabei hatte. Sie schalt sich zwar eine Närrin, beendete aber trotzdem ihren Lauf vor der betreffenden Stelle und lief zurück nach Stopfingen.

Dieses Mal hatte Melitta am Haus der Haberers die alte Anna erspäht und lief freudig bellend zum Zaun. Die alte Frau erhob sich von dem Beet, an dem sie gehockt hatte, und kam, um die beiden zu begrüßen.

»Wenig Schlaf?«, fragte sie.

»Ein überraschender Besuch«, meinte Jana.

»Kommen Sie doch herein.«

»Aber nur kurz. Ich muss zurück.«

Als sie auf der Gartenbank saß, verschwand Anna Haberer und kam nach einigen Minuten mit einer Teekanne und einer Tasse zurück. Sie goss Jana eine Tasse Tee ein.

»Was ist das?«

»Trinken Sie ihn einfach. Er wird Ihnen guttun. Was ist passiert?«

Jana trank einige Schlucke des warmen, aber nicht heißen Tees. »Ein Mann war in Lenas Zimmer und hat sich an einem Bodenbrett zu schaffen gemacht.«

Die alte Frau ließ ihren Blick über den Garten schweifen, dann blickte sie Jana in die Augen: »Haben Sie den guten Martin Keller schon einmal gefragt, ob er vor langer Zeit mal einen echten Verbrecher beschäftigt hat?«

»Hat er?«

»Fragen Sie ihn.«

Jana deutete auf den Tee. »Was ist da drin?«

»Das eine und das andere. Warum?«

»Darf ich etwas davon für Lena mitnehmen?«

Anna Haberer zwinkerte ihr zu. »Das ist gar keine schlechte Idee. Aber den müssen Sie frisch zubereiten.« Sie stand auf, verschwand im Haus und kam mit zwei kleinen Tüten zurück, als Jana ihre zweite Tasse Tee geleert hatte.

»Den Ingwer müssen Sie frisch reiben. Den Rest mit heißem, aber nicht kochendem Wasser aufgießen. Lassen Sie das Ganze fünf Minuten ziehen.« Sie trat hinter Jana, legte ihre Hände auf ihre Schultern und tastete zum Hals hoch. »Sie sind stark, junge Jana, aber denken Sie daran, dass auch die Stärksten Zeiten der Ruhe brauchen. Und seien Sie im Wald vorsichtig.«

»Weil der alte Falter seinen Sohn gerächt hat?«

Jana war sich nicht sicher, ob der Blick der alten Frau erstaunt oder amüsiert war.

»Sie sind gut, Jana. Aber passen Sie auf sich auf, passen Sie auf sich auf.«

Als sie zwanzig Minuten später in die Küche kam, brütete Franzi über einer Tasse Kaffee, von den Mädchen war nichts zu sehen.

»Ist Martin schon in Freiburg?«

Sie nickte.

»Kommt er allein zurecht?«

»Wir haben Aushilfen. Christina und Sabine kommen.«

»Warum ist Eva nicht aufgewacht heute Nacht?«

»Sie schläft mit Ohropax, weil sie einen leichten Schlaf hat und Martin sehr früh raus muss, wenn er nach Freiburg fährt.«

»Hast du eine Teekanne?«

Franzi deutete auf einen Küchenschrank, wo Jana eine Teekanne fand. »Warum?«

Sie hielt die beiden Beutel hoch. »Weil ich euch einen Tee brühen will.«

»Wo kommt der her?«

»Von Anna Haberer.«

Nachdem sie Ingwer gerieben, den Tee gebrüht und abgeseiht hatte, trug sie eine Tasse in den ersten Stock und betrat vorsichtig, mit Melitta an ihrer Seite, ihr Zimmer. Lena schlief. Sie stellte die Tasse Tee auf den Schreibtisch und berührte das Mädchen zart an der Schulter. Lena räkelte sich und schlug die Augen auf.

»Morgen, Jana.«

»Gut geschlafen?«

»Besser als ich dachte.«

»Wunderbar. Ich habe dir eine Tasse Tee mitgebracht.«

»Ich bin kein Teefan.«

»Das ist ein besonderer Tee und ich möchte, dass du ihn trinkst.«

»Besonderer Tee?«

»Anna Haberer hat ihn mir für dich mitgegeben. Ich habe schon zwei Tassen getrunken. Er wirkt.«

»Wirkt?«

»Probier ihn«, meinte Jana, strich ihr übers Haar und griff sich ihre Mobiltelefone. Im Flur setzte sie sich auf die oberste Stufe und wählte Philipp Reutbergers Nummer.

»Was verschafft mir die frühe Ehre?«

»Wir hatten heute Nacht einen unangenehmen Besuch und ich denke, es würde nicht schaden, wenn Sie mit jemandem von der KTU vorbeischauen könnten.«

»Was ...?«

»Ich bin mir nicht sicher, aber ich glaube, es hat mit Ihrem derzeitigen Fall zu tun. Ich muss noch ein paar Fragen stellen, aber ich würde mich freuen, wenn Sie einen Besuch organisieren könnten. Bitte kein großes Trara. Kennen Sie jemanden bei der KTU?«

»Schon.«

»Dann eisen Sie ihn los und kommen Sie. Die Adresse kennen Sie ja.«

Als Nächstes ging sie duschen und tauschte Laufshorts und T-Shirt gegen Jeans und Polo-Shirt. Als sie wieder in die Küche kam, schien Franziska wieder sie selbst zu sein.

»Hast du eine Ahnung, was sie da reingemischt hat?«

»Nein, aber ich habe zwei Tassen davon getrunken und fand es ...«

»Genauso geht es mir. Mir fehlen die richtigen Worte, aber es war genau, was ich brauchte. Wie geht es Lena?«

»Sie hat heute Nacht bei mir geschlafen und ...«

Franziska Keller schaute sie groß an.

»Na ja«, meinte Jana, »Tante ist besser als Mama. Vor allem, wenn Tante Polizistin ist. Ich denke, sie ist wach und trinkt ihren Tee. Ich hoffe, dass wir in einer halben Stunde oder so Besuch von zwei Herren der Lörracher Kripo bekommen, die sich das Bodenbrett ansehen.«

»Was versprichst du dir davon?«

»Erleuchtung. Sag mal, Franzi, habt ihr je einen Mitarbeiter beschäftigt, der mit dem Gesetz in Konflikt gekommen ist?«

»Oh ja.«

Das kam spontaner, als Jana erwartet hatte.

»Wir hatten mal einen Polen hier, zur selben Zeit wie den Kowalczyk, der war angeblich in einen Juwelenraub in Basel verwickelt. Wenn ich mich richtig erinnere, hat er es vor Gericht vehement bestritten, ist aber aufgrund von Indizien in der Schweiz zu einer hohen Haftstrafe verurteilt worden.«

»Wie hieß der Mann?«

»Adam irgendwas. Warte mal, vielleicht finde ich die Akte. Normalerweise ist Personal Martins Job.«

Fünf Minuten später kam sie mit einem Hängeordner zurück. »Adam Michnik.«

Jana griff zum Handy. »Sind Sie schon unterwegs?«

»Kann ich hexen?«

»Machen Sie mal eine INPOL-Abfrage zu Adam Michnik.«

»Adam wer?«

»Michnik M i c h n i k.«

»Und warum?«

»Wollen Sie Ihren Mord aufklären oder nicht?«

Jana nahm ihre Telefone und ging nach oben, um nach Lena zu schauen. Sie hatte ihren Tee getrunken, war aber wieder eingeschlafen. Sie setzte sich wieder auf die oberste Treppenstufe und wählte die Nummer von E. O. Hansen.

»Guten Morgen, schöne Frau«, meinte der.

»Darf ich noch einmal Ihr Gedächtnis beanspruchen?«

»Es wird von Tag zu Tag schwächer, aber wir können es gerne versuchen.«

»Ein Juwelenraub in Basel vor zehn oder fünfzehn Jahren. Ein Pole ist aufgrund von Indizien verurteilt worden, obwohl er die Tat vehement bestritten hat.«

»Daran erinnere ich mich. Das war ein Riesending. Hätte aus einem amerikanischen Krimi sein können. Da waren drei Täter beteiligt, zwei waren im Geschäft, einer fuhr den Wagen. Sie haben den Juwelier erschossen und sind mit einer Millionenbeute davongekommen. Einem der drei war der Ärmel seines Hoodies hochgerutscht und die Überwachungskamera hat ein Tattoo aufgenommen, das dem, den sie angeklagt haben, zum Verhängnis wurde. Das war ein Pole, der hier in der Nähe gearbeitet hat. Es ist nie rausgekommen, wer den verpfiffen hat, aber sie haben in seinem Auto ein Schmuckteil gefunden, das zur Beute gehörte. Das hat dem Gericht genügt. Den Mord konnten sie ihm nicht nachweisen, sie haben ihn wegen schweren Raubes für zehn oder zwölf Jahre eingebuchtet.«

»Sie sind nicht mit Gold zu bezahlen, E. O.«

»Worum geht es eigentlich?«

»Um den vermeintlichen Ritualmord.«

»Und der hat etwas mit dem Raub zu tun?«

»Ich denke ja.«

»Das müssen Sie mir erzählen, bevor ich es in der Badischen Zeitung lese.«

»Versprochen.«

Es war Mittag, als ein dunkler Mercedes auf den Hof fuhr, dem Philipp von Reutberger und ein großer, sehr schlanker Mann mit längeren, dunkelblonden Haaren entstieg, der einen Aluminiumkoffer aus dem Kofferraum nahm.

»Danke fürs Kommen«, begrüßte sie Jana.

»Darf ich vorstellen«, meinte Reutberger, »Dr. Max Bornheim, unser verkanntes Genie.«

»Sei bloß vorsichtig«, antwortete der grinsend. »Du weißt doch: ›Les aristocrates, on les pendra!‹«

»Langsam komme ich mir vor wie in München«, meinte Jana. »Darf ich den Herren den Ort meiner Begierde zeigen?«

Bornheim deutete eine Verbeugung an: »Mit Vergnügen, meine Dame.«

»Was ist denn genau passiert?«, fragte Reutberger, als sie die Treppe hinaufstiegen.

»Was? Das weißt du nicht und dann schleppst du mich hierher?«, maulte Bornheim von hinten.

Reutberger ignorierte ihn.

Sie erzählte den beiden kurz, was sich ereignet hatte.

»Und das Mädel hat nicht geträumt?«

»Vielleicht vorher, aber was sie gesehen hat, war real. Ich habe den Schatten gesehen und die Haustür gehört. An dem Bodenbrett gibt es Kratzspuren und eine Schraube ist halb herausgedreht.«

Als sie Lenas Zimmer betraten, deutete Reutberger auf den aufgeklebten grauen Plastiksack. »Und was soll das?«

»Ich vermute mal, damit hat sie Spuren gesichert«, sagte Bornheim, »das wäre euch Pappnasen nie eingefallen.« Zu Jana gewandt meinte er: »Chapeau, Madame.« Dann fuhr er fort, während er sich einen Plastikoverall aus seinem Koffer überzog: »So, jetzt dürfen die Kriminalisten zurücktreten und das den Fachleuten überlassen.«

»Worin haben Sie eigentlich Ihren Doktor?«, wollte Jana wissen.

»In Physik.«

Bornheim entfernte die Plastikplane vorsichtig und saugte mit einem kleinen Staubsauger die Oberfläche ab, nachdem er sie fotografiert hatte. Als Nächstes kamen die Fingerabdrücke dran, die Ausbeute war eher gering. Danach entfernte erdie Schraube, die schon leicht herausgedreht war, und ließ drei weitere folgen.

»Jetzt schauen wir einmal, was unser nächtlicher Besucher gesucht hat. Schlimmstenfalls finden wir einen Haufen Staub und ich habe eine Landpartie und ein Mittagessen gewonnen, nicht wahr, Philipp?«

Der sah Jana schräg an und schwieg.

Der Kriminaltechniker hob das Bodenbrett vorsichtig auf und legte es auf die graue Plastikfolie. Dann nahm er eine Art Tablet aus seinem Koffer, an dem er einen etwa einen Meter langen Schlauch befestigte, den er unter den Boden schob.

»Staub«, meinte er dann. »Jede Menge Staub.«

Jana war etwas näher getreten. »Auf dem Bildschirm oben rechts war eben etwas Dunkles.«

»Da unten ist alles dunkel, deswegen haben wir da ein Lämpchen dran«, meinte Bornheim.

»Gehen Sie trotzdem noch einmal in diese Richtung.«

Sie blickten beide angestrengt auf den kleinen Bildschirm.

»Ich glaube, Sie haben recht«, meinte Bornheim dann. »Da ist irgendetwas.«

Er nahm eine Art Greifer aus seinem Koffer, der mit einem flexiblen Schlauch verbunden war, und führte ihn in die Nähe der dunklen Masse, die sie identifiziert hatten. Nach mehreren Fehlversuchen gelang es ihm, das Objekt zu greifen und langsam in Richtung Öffnung zu ziehen. Schließlich zog er es heraus. Es war ein völlig mit Staub bedecktes, kleines, schwarzes Säckchen, das er auf die Plastikfolie legte.

»Jetzt wird es spannend«, meinte er dann. Er fotografierte das Säckchen, dann saugte er den Staub ab und suchte nach Fingerabdrücken, von denen er drei sicherte. »Die Spannung steigt«, meinte er dann grinsend.

»Jetzt mach schon, Max!«, sagte Reutberger.

»In der Ruhe liegt die Kraft!«

Er nahm zwei Asservatenbeutel aus seinem Koffer und eine flache Plastikschüssel. Dann knüpfte er vorsichtig das Band auf, mit dem der Beutel verschlossen war, und leerte den Inhalt in die Schüssel.

Nachdem alle drei einen Moment geschwiegen hatten, meldete sich Reutberger: »Rufst du immer die KTU, wenn du vergessen hast, wo dein Schmuck ist?«

In der Schüssel befanden sich zwei diamantbesetzte Ohrringe, zwei ebensolche Armbänder und eine mit Diamanten besetzte Katze mit Augen aus Smaragd an einer schmalen Goldkette.

»Erzählst du jetzt endlich die Geschichte fertig, Mama?«, meldete sich Bornheim.

»Hast du etwas zu Adam Michnik gefunden?«, fragte Jana Philipp Reutberger, unbewusst auch ins ›du‹ wechselnd.

»INPOL ist mal wieder kreuzlangsam. Ich dachte, es wäre wichtiger, hierher zu kommen.«

»Also gut«, fuhr Jana fort. »Ich wette eine Flasche Champagner gegen eine Flasche Mineralwasser, dass dieser Schmuck aus dem großen Juwelenraub in Basel anno 2010 stammt. Adam Michnik hat damals hier gearbeitet und ist als einziger Täter verhaftet und in der Schweiz wegen schweren Raubes verurteilt worden. Seine zwei Mittäter wurden nie gefasst, der Mord an dem Juwelier nie aufgeklärt.«

»Und?«

»Pavel Kowalczyk hat zu dieser Zeit auch hier gearbeitet. Was, wenn er einer der Mittäter war? Wir müssen wissen, ob die Schweizer Michnik mittlerweile entlassen haben.«

»Wartet mal«, meinte Reutberger und ging aus dem Zimmer. Als er wiederkam, sagte er: »Sie haben ihn 2011 zu 12 Jahren verurteilt. Er dürfte in den letzten Monaten irgendwann rausgekommen sein.«

»Und woher weißt du das jetzt?«

»Das war der kurze Dienstweg. Ein Freund von mir arbeitet bei der Kripo in Basel.«

»Dann spinnen wir den Faden einmal weiter. Was, wenn Michnik von Kowalczyk seinen Anteil wollte, es zu einem Streit kam und er ihn umgebracht hat? Er wusste, dass diese vermeintlichen Ritualmorde das Dorf immer noch umtreiben und hat sich einen makabren Scherz mit uns erlaubt.«

»Kurti sprach von einer Millionenbeute.«

»Kurti?«

»Mein Freund in Basel.«

»Das habe ich auch gehört. Was wir hier gefunden haben, kann nur ein kleiner Teil sein.«

»Außer da unten würde mehr liegen«, meldete sich Bornheim.

»Wir können gerne genauer nachsehen«, antwortete Jana, »aber ich glaube das nicht. Erinnerst du dich an dieses Versteck in der Wohnung, das ihr übersehen hattet?«

»Wir übersehen nie etwas«, meinte Bornheim.

»Du warst ja nicht dabei, großer Meister«, erwiderte Reutberger. »Hinten an einer Schublade waren Klebstreifen und Jana denkt, da war ein Schlüssel oder ein USB-Stick festgeklebt.«

»Was, wenn es der Schlüssel zu einem Banksafe war?«, spekulierte Bornheim.

Jana schnippte mit den Fingern. »Keine schlechte Idee.«

»Und jetzt?«, fragte Reutberger.

»Gehen wir Mittagessen. Vergiss nicht, ich bin hier nur die Schokoladenkommissarin, das ist dein Revier.«

»Schokolade ist lecker«, ließ sich Bornheim vernehmen, wofür er von Reutberger einen Rippenstoß kassierte.

»Wir sollten das Zeug«, er deutete auf den gefundenen Schmuck, »trotzdem zuerst in die Asservatenkammer bringen. Ein paar Zehntausend dürfte es wert sein.«

»Ich habe Hunger«, nörgelte Bornheim.

»Was ist denn hier los?«

Eva war leicht bekleidet in der Tür erschienen.

Bornheim fielen fast die Augen aus dem Kopf und Jana nahm Eva beim Arm und zog sie zu ihrem Zimmer.

»Wir hatten heute Nacht Besuch. Das hast du nicht mitbekommen. Deine Schwester schläft bei mir. Das sind Kollegen von der Kripo in Lörrach, die den Fall untersuchen.«

»Fehlt denn etwas?«

»Nein. Und den Rest erzähle ich dir später. Schau mal, ob Lena noch schläft. Wenn ja, lass sie schlafen.«

Sie ging zurück zu ihren Kollegen. »Haben sich die Herren geeinigt?«

»Max kennt einen kleinen Laden quasi auf dem Weg zurück, wo man anständig zu Mittag essen kann. Kommst du mit?«

»Ich fahre hinter euch her, denn ich denke, auf dem Kommissariat willst du mich nicht dabei haben.«

»Dann los«, kommentierte Bornheim, der langsam ungeduldig wurde.

Sie ging zu Franziska, die in ihrem Arbeitszimmer saß, erzählte ihr kurz, was geschehen war, und bat sie, mit niemandem darüber zu sprechen.

»Auch nicht mit Martin?«

»Das wird sich vermutlich schlecht machen lassen«, lächelte Jana. »Ich bin in ein, zwei Stunden zurück und dann sehen wir weiter.«

Zwanzig Minuten später saßen sie im Garten einer kleinen Gastwirtschaft, Jana aß einen Salat, die Herren löffelten eine Suppe.

»Wir brauchen einen Weg, um Michnik zur Fahndung auszuschreiben«, warf Jana in die Runde.

»Und wie soll das gehen?«, murrte Reutberger.

»Lasst uns doch erst einmal auf das allgemeine ›Du‹ trinken«, bot Jana an und hob ihr Glas mit Spätburgunder.

Nach dem allgemeinen Anstoßen und weiteren bewundernden Blicken von Doktor Bornheim fuhr sie fort: »Wenn es Fingerabdrücke von Michnik gibt, könnten wir sie doch mit den von Max gefundenen abgleichen. Wenn wir einen Treffer haben, sollte das für einen Haftbefehl reichen.«

»Und wenn nicht?«

»Wir könnten ihn als Zeugen suchen lassen. Wenn er den Schlüssel zu einem Bankschließfach hat, muss er sich doch irgendwie legitimieren. Ich kenne mich in der Schweiz nicht aus, aber die werden doch sicher weitere Schutzmechanismen haben.«

»Da gibt es oft ein Kennwort«, meinte Bornheim. »Oft musst du auch das Geburtsdatum des Schließfachinhabers wissen.«

Jana hatte eine Idee, fischte ihr Diensthandy aus der Tasche und tippte darauf herum. »Wir sind alle dämlich«, meinte sie dann.

»Welch Erkenntnis«, kommentierte Bornheim.

»Adam Michnik ist seit Juli dieses Jahres in Weil am Rhein gemeldet.«

»Was?«, entfuhr es Philipp Reutberger.

»Er hat zudem ein Kraftfahrzeug hier registriert«, fuhr Jana fort.

»Die Frage bleibt: Wie kommen wir da dran?«, meinte Philipp Reutberger.

»Das ist euer Problem«, antwortete Jana, während die Wirtin ein kleines Lammragout vor sie platzierte. »Wir sollten uns aber sputen. Wenn der Typ es schafft, an das Schließfach ranzukommen und wenn da drin ist, was wir vermuten, dann ist er danach schneller weg, als wir ›Papp‹ sagen können.«

Sie hoben die Tafel eine halbe Stunde später auf, die Herren fuhren ins Kommissariat, Jana fuhr zurück nach Stopfingen.

Die Familie saß vereint im Esszimmer, Franziska hatte einen Käsekuchen gebacken, von dem die ersten Stücke verzehrt waren.

Jana sah Lena an. »Alles okay?«

»Ganz verstanden habe ich es noch nicht, aber ich bin wieder ich.«

»Gut.«

»Was ist denn genau passiert?«, wollte Martin wissen.

»Das kann ich euch nur sagen, wenn ihr es für euch behaltet. Die Informationen sind vertraulich, gegebenenfalls gefährdet ihr die Ermittlung.«

»Das ist doch lächerlich«, meinte Martin. »Wir sind doch nicht in Chicago! Hier gibt es keinen Terrorismus oder so etwas.«

»Mord und Schwerkriminalität gibt es auch im beschaulichen Baden«, antwortete Jana.

Martin und Franziska sahen sie groß an.

»Der Mann, der letzte Nacht hier war, war wahrscheinlich Adam Michnik.«

»Bitte?«, fragte Martin.

»Jetzt lass sie doch erzählen«, fiel ihm seine Frau ins Wort.

»Michnik war der einzige, der 2011 wegen des Juwelenraubs in Basel verurteilt wurde. Es gab aber drei Täter. Wir vermuten, dass Kowalczyk ein weiterer war.« Ihr fiel etwas ein. »Hattet ihr zu dieser Zeit weitere Arbeitskräfte aus Polen?«

»Kann gut sein«, antwortete Martin. »Das müsste ich nachschauen.«

»Dann tu das bitte.«

Franziska hatte ihr ein Stück Käsekuchen gereicht, von dem sie sich mechanisch eine Gabel voll in den Mund schob.

Martin kam nur wenige Minuten später zurück. »Es gab einen weiteren Polen hier zu dieser Zeit, einen Tomas Lewandowski. Wir nannten ihn nur Tomek.«

Jana griff ihr Handy, verzog sich nach draußen und rief Philipp Reutberger an.

»Wir können immer noch nicht hexen.«

»Dann gebt mal Gas. Es gab hier im Haus einen dritten Polen zu dieser Zeit. Er hieß Tomas Lewandowski, genannt ›Tomek‹. Ihr solltet ihn einbeziehen.«

»Wir warten auf die Fingerabdrücke. Die von Adam Michnik sind aktenkundig. Wenn wir eine Übereinstimmung finden, können wir handeln.«

»Beeilt euch. Sonst ist nicht nur die Beute weg, sondern auch ein Mörder.«

Zurück in der Küche erzählte sie den Kellers, was ihrer Meinung nach seit letztem Samstag geschehen war. Martin saß wie versteinert da, Franziska rang ihre Hände und die beiden Mädchen blickten sie verängstigt an.

»Hört das denn nie auf?«, murmelte Franziska.

»Franzi«, sagte Jana, »das ist ein normaler Kriminalfall. Das ist ein schwerer Raub und ein Mord. Das ist schlimm, aber es passiert jeden Tag rund um den Globus dutzende Male. Hier spielt ein Verbrecher mit den Mythen eines Dorfes. Das ist etwas, das ihr als Gemeinschaft lösen müsst. Wie ihr das macht, weiß ich nicht, ich komme aus der großen Stadt.« Zu den Mädchen sagte sie: »Macht euch keine Sorgen, der kommt nicht zurück. Wenn wir ihn erwischen, verbringt er viele Jahre hinter Gittern. Wenn nicht, verbringt er viele Jahre auf einer schönen Insel in der Südsee und genießt sein Vermögen. In beiden Fällen kommt er gewiss nicht zurück nach Stopfingen. Das dürfte sowieso einer seiner Fehler gewesen sein.«

»Warum?«, wollte Martin wissen.

»Schauen wir mal«, antwortete Jana kryptisch, als Melitta um die Ecke geschlichen kam. »Komm, wir gehen eine Runde spazieren.«

»Können wir mitkommen?«, fragten die Mädchen unisono.

Also führten sie zu dritt Melitta Gassi, wenn man das denn so nennen konnte.

Als sie wieder zurückkamen, meldete sich Philipp Reutberger. »Max hat die Fingerabdrücke von Michnik auf dem Bodenbrett und auf einem Schmuckstück gefunden. Außerdem gab es Übereinstimmungen mit Abdrücken in Kowalczyks Wohnung. Der Staatsanwalt hat einen internationalen Haftbefehl beantragt. Jetzt können wir nur warten.«

»Und hoffen, dass er den Schmuck noch nicht geholt hat. Wollt ihr nicht die Wohnung durchsuchen und auch den Wagen zur Fahndung ausschreiben?«

»Da sind die Kollegen dran.«

9. Freitag

Die Sonne schien. Es war kurz vor halb neun. Ihr Handy behauptete, draußen hätte es bereits 20 Grad. Melitta erhob sich und wedelte mit dem Schwanz.

»Na gut«, meinte Jana und tätschelte ihr den Kopf. »Dann drehen wir mal eine Runde.«

Martin und Franziska saßen in der Küche.

»Musst du nicht nach Freiburg?«

»Peter hat Ware und Hänger heute Morgen um sechs abgeholt, ich werde ihn mittags ablösen.«

»Ich bin dann mal weg.«

»Nimm dein Handy mit.«

»Was soll denn groß passieren?«

»Der Himmel könnte dir auf den Kopf fallen.«

Jana verdrehte die Augen, ging aber hoch und schnallte ihr Laufarmband samt Handy um.

Zügig liefen sie durch das Dorf, am Friedhof vorbei in Richtung Tüllinger. Bei Haberers war niemand im Garten, auch wenn Melitta intensiv Ausschau hielt. Im Wald fühlte sie die morgendliche Kühle stärker und beschleunigte ihren Lauf leicht.

Als sie um eine Wegbiegung lief, stand er da. Genauso gekleidet wie beim ersten Mal. Vierschrötig starrte er sie aus blutunterlaufenen Augen an. Er atmete schwer und schnell. Seine rechte Hand, in der er dieses Mal ein Messer mit einer etwa 25 cm langen Klinge hielt, zitterte leicht. Er starrte sie an und murmelte etwas, das sie nicht gut verstand. Es klang wie ›Ihr kriegt mich nicht, ihr Schweine‹.

Jana stand still, Melitta knurrte und fletschte die Zähne. Dann brach der Mann ohne ein weiteres Wort zusammen. Seinen rechten Arm hatte er noch im Fallen gestreckt, sonst wäre er in sein eigenes Messer gefallen.

Jana trat vorsichtig näher, wand ihm das Messer aus der Hand und warf es in den Stamm des nächsten Baumes. Der Mann stank nach Schweiß und Unsauberkeit, der Geruch nach Alkohol hing nicht nur in seiner Kleidung, sondern schwang auch in seinem Atem mit. Er atmete weiterhin schnell und stoßartig, seine Haut war gelblich verfärbt, was Jana bei ihrer ersten Begegnung nicht wahrgenommen hatte. Sie fühlte seinen Puls. 130 Schläge pro Minute. Dann griff sie zum Handy und war dankbar, dass sie auf Martin gehört hatte. Sie wählte 112.

»Hauptkommissarin Vecera, Kriminalpolizei. Ich bin bei meinem Morgenlauf von einem Mann mit einem Kampfmesser bedroht worden.«

»Wo sind Sie?«

»Auf einem Waldweg oberhalb des Friedhofs von Stopfingen am Tüllinger. Etwa einen Kilometer vom Haberer Haus.«

»Wir schicken ...«

»Moment. Der Mann ist, bevor er mich angreifen konnte, zusammengebrochen. Er atmet schnell und stoßartig, sein Puls ist bei 130 und seine Haut ist gelb verfärbt. Könnte eine Sepsis sein. Wir brauchen hier einen Notarzt und einen Sanka. Alles Weitere kläre ich mit den Kollegen in Lörrach.«

Der Notarzt kam zuerst, konnte allerdings nicht weit genug in den Waldweg hineinfahren. Jana lief ihm entgegen.

»Haben Sie angerufen?«

»Ja, Ihr Patient liegt hinter der Wegbiegung. Ich denke, er braucht Sauerstoff.«

»Lassen Sie mich ihn erst einmal ansehen.«

Als sie dort ankamen, sah der Arzt zuerst das Messer im Baum.

»Das hatte er in der Hand«, erklärte Jana.

Der Arzt leuchtete dem Mann mit einer kleinen Lampe in die Augen und maß seinen Blutdruck, als zwei Rettungssanitäter um die Biegung gelaufen kamen.

»Wir brauchen Sauerstoff und legen einen venösen Zugang. Sagen Sie in Lörrach Bescheid, wir kommen mit einem internistischen Notfall.« Dann wandte er sich an Jana: »Sie sind Kriminalbeamtin?«

»Hauptkommissarin Jana Vecera.«

»Hat das hier mit einem Fall zu tun?«

»Möglicherweise.«

»Und er wollte Sie angreifen?«

»Ich nehme nicht an, dass er das Messer zum Spaß dabei hatte. Er hat mich vor zwei Tagen schon einmal bedroht.«

»Halten Sie ihn für gefährlich?«

»Jetzt? Jetzt halte ich ihn für schwer krank. Das ist doch eine Sepsis, oder?«

»Ich denke, ja.«

Die Sanitäter kamen mit einer Trage, einem tragbaren Sauerstoffgerät und setzten Josef Falter eine Maske auf.

»Wohin bringen Sie ihn?«

»Ins Kreiskrankenhaus.«

»Intensiv?«

Er nickte.

»Sein Name ist Josef Falter. Er hat hier irgendwo im Wald eine Hütte.«

»Danke. Ich nehme an, wir sehen uns noch.«

»Wahrscheinlich. Vielen Dank, Herr Doktor.«

Als der Arzt gegangen war, zog Jana nachdenklich das Messer aus dem Baum und betrachtete es. Dann rief sie Philipp Reutberger an.

»Na«, meinte der, »Morgenlauf beendet, Frau Kollegin?«

»Halb.«

»Wieso halb?«

»Weil mich Josef Falter mit einem Jagdmesser in der Hand erwartet hat.«

»Ist dir etwas passiert?«, fragte er alarmiert.

»Nein. Er stand einfach da, starrte mich an, murmelte etwas und brach dann zusammen. Beinahe wäre er in sein eigenes Messer gefallen. Der Notarzt hält es für eine Sepsis und hat ihn ins Krankenhaus mitgenommen.«

Reutberger schwieg einen Moment. »Was willst du jetzt machen?«

»Falter dürfte eine ganze Weile nicht vernehmungsfähig sein. Kannst du herausfinden, wo seine angebliche Hütte im Wald ist? Ich würde da gerne einen Blick hineinwerfen.«

»Ich schaue mal. Bist du vor Ort?«

»Ja, aber ich laufe jetzt zurück, denn ich will mich duschen und umziehen.«

»Ich komme vorbei, sobald ich kann, und dann schauen wir mal.«

Jana verstaute ihr Handy an ihrem linken Arm, nickte Melitta zu und trabte los. Das Messer nahm sie mit. Als sie bei Haberers vorbeikamen, war die alte Frau Haberer im Garten und Melitta ließ sich nicht davon abhalten, sie zu begrüßen. Als Jana an den Zaun trat, sah Anna Haberer das Messer in ihrer Hand und fragte: »Was soll das?«

»Der alte Falter wollte mich angreifen.«

»Deshalb der Notarzt?«

»Ja.«

»Ich hatte schon befürchtet, Ihnen sei etwas passiert.«

»Nein. Bevor er etwas tun konnte, ist er zusammengebrochen. Vermutlich Sepsis.«

»Das könnte das Ende sein«, sagte sie mehr zu sich als zu Jana.

»Wie gut kennen Sie ihn?«

»Nicht sehr. Er war immer ein Eigenbrötler, aber nach dem Tod seiner Frau und der Ermordung seines Sohnes hat er sich völlig zurückgezogen, den Hof verkauft und lebt in einer Hütte an dem Waldstück da oben, das ihm gehört.«

»Ich muss zu den Kellers. Ich denke, wir sehen uns später noch einmal.«

Die alte Frau nickte gedankenverloren.

Als sie das Haus betrat, kam ihr Martin entgegen und starrte auf das Messer in ihrer Hand. »Ist etwas passiert?«

»Josef Falter ist passiert.«

Franziska kam aus der Küche: »Bist du okay?«

»Alles in Ordnung. Bevor er irgendetwas machen konnte, ist er zusammengebrochen. Der Notarzt hat ihn nach Lörrach mitgenommen.« Sie sah Martin an. »Aber es war gut, dass ich das Handy dabei hatte.«

Martin hob die Augenbrauen: »Und was passiert jetzt?«

»Falter hat wahrscheinlich eine Sepsis. Wenn ich an das denke, was Dr. Goldstein in München darüber sagt, hängt sein Leben an einem seidenen Faden. Kommissar Reutberger wird demnächst kommen, dann werden wir einen zweiten Blick auf den Tatort und gegebenenfalls die Hütte von Falter werfen.«

»Aber ...«

»Das kannst du drehen und wenden, wie du willst, Martin. Schon der Besitz eines solchen Messers ist strafbar und ich möchte nicht wissen, was der Knabe sonst bei sich herumstehen hat. Die Polizei hat auch die Aufgabe, die Bevölkerung zu schützen. Ich gehe jetzt duschen.«

Zehn Minuten später kam sie die Treppe herunter, als Reutberger läutete.

»Gehen wir?«, fragte er.

Sie nickte. »Weißt du, wo seine Hütte ist?«

»Ja. Sie ist nicht im Wald, eher am Waldrand.«

»Hast du einen Durchsuchungsbeschluss?«

»Bei der Faktenlage? Wir nehmen Gefahr in Verzug.«

Auf dem Hof stand weder sein Porsche noch ein Mercedes, sondern ein Geländewagen.

»Wo hast du den denn her?«, wollte sie wissen.

»Ob du es glaubst oder nicht: Das ist ein Dienstfahrzeug.«

Kurze Zeit später hielten sie vor einem direkt an den Waldrand gebauten kleinen Haus. Das Gartentor stand offen. Sie gingen durch den Garten, auch die Haustür war nicht verschlossen. Sie betraten einen stickigen Raum, durch dessen schmutzige Fenster kaum Licht drang. Er war voll von allem Möglichen. Müll war wohl schon seit Monaten nicht mehr entsorgt worden, obwohl sie vor dem Haus zwei Mülltonnen gesehen hatten. Leere Flaschen standen überall herum, an einem Kleiderhaken hing ein Jagdgewehr. Es war geladen.

Jana sah Philipp an: »Wir sollten das gründlich durchsuchen lassen, meinst du nicht?«

»Auf welcher Grundlage?«

»Im Zweifelsfall Verstoß gegen das Waffengesetz. Ein geladenes Gewehr, ein Jagdmesser, das er bei sich geführt hat. Ich möchte nicht wissen, was wir hier sonst finden. Nein«, korrigierte sie sich, »eigentlich möchte ich es schon wissen.«

Sie ging zu einem Schreibtisch in der Ecke, der das einzige Möbelstück war, das nicht mit allerlei Kram vollgestellt war. Als sie die oberste Schublade öffnete, lag da eine Walther PPK. Jana überzeugte sich mit einem Handgriff, dass auch diese Waffe geladen war und winkte Reutberger herbei.

»Nettes kleines Arsenal«, meinte der.

»Und alle geladen.«

Als sie die untere Schublade aufzog, sah sie mehrere schwarze Notizbücher und als sie eines herausnahm, befand sich darunter ein Schlagring. Jana sah Philipp Reutberger an, der aus der Tasche seines Jacketts zwei Paar Latexhandschuhe nahm und eines davon Jana reichte. Sie zog die Handschuhe an und nahm den Schlagring aus der Schublade. Er leuchtete mit einer kleinen Taschenlampe darauf. Auf der einen Seite des Schlagrings waren die Initialen H. W. eingraviert. Als sie ihn umdrehte, erblickte sie ein Hakenkreuz.

»Weißt du, was das ist?«

Er schüttelte den Kopf.

»Das ist der Schlagring vom alten Wagner, den der Sohn angeblich bei sich führte. Weißt du, was das auch heißt?«

»Dass dein Intensivpatient unser neuer Hauptverdächtiger bei dem Mord von 1996 ist?«

»Ich befürchte, ja.«

»Du befürchtest?«

»Ja. Hier im Dorf wird das nicht gut ankommen. Ich denke, dass viele die Tat damals gebilligt haben.«

»Was machen wir jetzt?«

»Ruf deinen Chef an. Das Haus muss durchsucht werden, unter Umständen finden wir andere Beweismittel. Die Waffen müssen sichergestellt, gegebenenfalls weitere gefunden werden. Wir sollten diese Notizbücher aus der Schublade mitnehmen. Ich gehe nicht davon aus, dass er Tagebuch geführt hat, aber womöglich finden sich darin Hinweise.«

Während Reutberger vor dem Haus telefonierte, öffnete Jana weitere Schubladen des Schreibtischs. Sie fand zwei gerahmte Bilder, eine Frau und einen jungen Mann, vermutlich seine Frau und sein Sohn. Kontoauszüge, die bis vor etwa einem halben Jahr in korrekter Reihenfolge abgeheftet waren, deuteten auf Barmittel im niedrigen sechsstelligen Bereich hin. Josef Falter war kein armer Mann.

Als Reutberger wieder den Raum betrat, hatte sie eines der Notizbücher zur Hand genommen.

»Die Kollegen kommen«, meinte er.

Sie nahm ein weiteres Notizbuch in die Hand. »Es wäre spannend, wenn wir eins von 1996 finden könnten.«

»Du meinst, er hat über den Mord geschrieben, wenn er ihn denn begangen hat?«

»Möglich ist es.«

Eine halbe Stunde später rumpelten ein grauer Transporter mit Blaulicht auf dem Dach und ein Streifenwagen den Feldweg hinauf. Dem Transporter entstieg Max Bornheim.

»Was ist es denn dieses Mal?«, wollte er wissen.

»Gründlich durchsuchen, Waffen sicherstellen, mögliche Schlagwaffen, also Knüppel, Rohre oder Ähnliches sicherstellen und auf Blutspuren untersuchen. Alle schriftlichen Unterlagen, die ihr findet, zu mir.«

Bornheim stöhnte. »Das dauert ja Stunden.«

Reutberger hieb ihm auf die Schulter. »Wenn ihr was Nettes findet, ist noch mal ein Essen drin.«

»Soll das heißen, du bleibst nicht?«

»Die Kollegin und ich haben anderes zu erledigen. Komm, wir fahren, Jana.«

»Und was machen wir jetzt?«, meinte Jana.

»Warten.«

»Großartig.«

»Wir könnten Mittagessen gehen.«

Nachdem sie den Dienstwagen zurückbringen mussten, fuhren sie nach Lörrach zurück und parkten ihn beim Kriminalkommissariat.

»Das kulinarische Angebot in Lörrach ist recht begrenzt«, meinte Reutberger, »aber es gibt einen vernünftigen Griechen.«

»Hatte ich lange nicht.«

Auf dem Spaziergang zum Restaurant läutete Reutbergers Telefon.

»Kurti? Hast du etwas für mich?«

»...«

»Und?«

»...«

»Der hat Lunte gerochen!«

»...«

»Ihr bleibt da bitte dran. Vor allem an den Grenzen.«

Jana sah ihn erwartungsvoll an.

»Unser Verdächtiger hat versucht, sich bei der Privatbank Bossuet & Cie. in Basel Zugriff zu einem Schließfach zu verschaffen.«

»Erfolglos, wie ich vermute.«

»Er hatte zwar den Schlüssel, wusste auch den Namen des Eigentümers, aber nicht dessen Geburtsdatum und das Passwort. Der Bankmitarbeiter sagte ihm, er müsse seinen Chef holen und benachrichtige die Schweizer Kollegen. Leider hat Michnik Lunte gerochen und fluchtartig die Bank verlassen. Den Schlüssel hatte der Bankmitarbeiter glücklicherweise mitgenommen.«

»Kommen die Schweizer an das Bankfach?«

»Am Ende ja, denke ich. Aber da müssen wir ein Rechtshilfeersuchen stellen. Das dürfte aber dieses Mal schneller gehen, da es ja im Zweifelsfall um Raubgut aus der Schweiz geht.«

»Lasst ihr seine Wohnung hier überwachen?«

»Verdammt!« Er griff erneut zum Telefon und telefonierte mit dem Kommissariat.

»Besser spät als nie, meinte mein Chef. Wir hatten die Wohnung nur versiegelt.«

»Das dürfte ihn wenig interessieren.«

»Normalerweise müsste er beim Grenzübertritt auffallen.«

Im Restaurant bestellten sie Lamm und Rotwein.

»Wann fährst du zurück nach München?«, fragte Philipp Reutberger.

»Morgen, spätestens Sonntag. Montag muss ich wieder auf der Matte stehen.«

Eine Stunde später fuhr er sie zurück nach Stopfingen.

Die Familie war ausgeflogen, nur Melitta hielt Wache. Sie überlegte, E. O. anzurufen, entschied sich dann aber doch für einen Spaziergang mit Melitta, die den Weg vorgab. Als sie an Feldern und Gärten vorbeiging, formte sich ein Bild der Geschehnisse. Sie sah den ersten Toten vor sich, visualisierte, was sich danach an Verbindungen ergab, sie sah den wild blickenden Josef Falter vor ihrem geistigen Auge. Und sie fragte sich, wie die beiden Wagners wohl ausgesehen haben. Konnte man das Böse sehen? Gab es Äußerlichkeiten, die das Böse symbolisierten?

Jana dachte, dass sie doch besser gelaufen wäre. Sie war nicht bereit für all die Gedanken, die jetzt auf sie einstürmten. Es würde eine Zeit brauchen, diesen Fall, der gar nicht ihr Fall war, loszuwerden.

Melitta stand vor dem Zaun der Haberers, ohne irgendwelchen Rabatz zu veranstalten, als hätte sie Janas Stimmung gespürt. Margarete Haberer kam um die Hausecke, schaute erstaunt und kam zum Zaun.

»Nanu? Kein Begrüßungsgebell?«

»Ich denke, ich habe sie mit meiner Melancholie angesteckt.«

»Keine Lösung in Sicht?«

»Ganz im Gegenteil.«

»Und trotzdem melancholisch?«

»Das geht mir oft so, wenn ein Fall abgeschlossen ist. Man ist froh, loszulassen und will es doch nicht.«

Anna Haberer war hinzugetreten. »Möchten Sie nicht hereinkommen?«

»Ich möchte ein wenig allein sein.«

»Wissen Sie, wie es Josef geht?«

»Nein. Vergessen Sie nicht: Ich bin hier nicht zuständig.«

»Aber Sie wissen, dass er schuldig ist.«

Margarete Haberer sah ihre Mutter entsetzt an.

»Ich glaube es. Wir werden sehen, was die Ermittlungen ergeben.«

»Er hat ihn gerichtet!«

Jana sah die alte Frau ungläubig an. »Glauben Sie wirklich an Gerechtigkeit ohne Urteil? Ein Mord kann nie zur Sühne führen und Rache schadet am Ende dem Rächer am meisten. Josef Falter ist dafür nur ein Beispiel.«

Anna Haberer schwieg.

»Ich denke«, fuhr Jana fort, »Sie wissen auch, wer Heinrich Wagner ermordet hat. Sie scheinen damit leben zu können. Ich könnte das nicht.«

Die leuchtenden Augen im Gesicht der alten Frau ruhten auf Jana, aber sie schwieg beharrlich. Jana wusste nicht, was sie noch sagen sollte, nickte Margarete Haberer zu und ging mit Melitta weiter in Richtung Tüllinger. Sie verstand die Reaktion nicht, sie verstand dieses Dorf nicht. Gab es doch eine Verbindung zwischen den Morden und den Haberers? Sie würde es nicht mehr herausfinden.

Als sie zu dem Platz kam, wo ihr heute Morgen Josef Falter aufgelauert hatte, sträubte sich Melittas Fell und sie knurrte. Jana beobachtete aufmerksam das Unterholz rechts und links des Weges, konnte aber nichts entdecken.

»Gehen wir zurück«, meinte sie zu Melitta.

Plötzlich raschelte es links von ihr und ein Eichhörnchen überquerte rasch den Weg.

Jana lachte still über sich selbst.

Am Friedhof angelangt, läutete es fünf von der Kirche und ihr Telefon meldete sich.

»Philipp?«

»Sie haben ihn.«

»Michnik?«

»Ja. Er wollte clever sein und an einem kleinen Grenzübergang nach Italien rüber. Dort lesen sie aber die Fahndungsmeldungen besonders gründlich, weil sie sonst nichts zu tun haben.«

»Und jetzt?«

»Geht das große Hickhack los. Aber das ist nicht dein und nicht mein Geschäft.«

»Genieß den Abend, Philipp, und grüß John. Ich rufe dich morgen an.«

E. O. sollte sie auch anrufen, bevor die Presse Wind von der ganzen Geschichte bekam.

10. Samstag

Melittas Schnauze stupste sie sanft. Ein Blick auf ihre Armbanduhr sagte ihr, dass es kurz nach neun Uhr war.

Der gestrige Abend war davon geprägt gewesen, nicht über das zu sprechen, was passiert war. Sie hatte ihnen erzählt, dass man Michnik verhaftet hatte. Ob man ihm den Mord an Kowalczyk würde nachweisen können, stand in den Sternen. Es würde auf einen Indizienprozess hinauslaufen. Die Reaktion von Anna Haberer blieb ihr unerklärlich. Glaubte sie tatsächlich an Selbstjustiz?

Melitta fiepste, sie wollte raus. Jana legte den Finger auf die Lippen und wählte die Nummer von E. O. Hansen.

»Mein Gott, sind Sie früh unterwegs«, meinte der.

»Ich hatte Ihnen doch versprochen, Bescheid zu sagen, bevor Sie es in der Badischen Zeitung lesen.«

Sie erzählte ihm von Josef Falter und Adam Michnik.

»Wie sind Falters Chancen?«

»Sie meinen medizinisch?«

»Ja.«

»Sie vergessen, dass ich hier keine Auskünfte bekomme. Wenn Sie mich fragen, schlecht. Ich wäre überrascht, wenn er die Krise überlebt.«

»Und Michnik?«

»Wenn die KTU nicht noch irgendwelche Spuren in seinem Wagen findet, steht das Ganze auf tönernen Füßen. Ich kenne die Gerichtsbarkeit hier nicht, aber in München müsste sich der Staatsanwalt gehörig ins Zeug legen, um eine Verurteilung zu bewirken.«

»Immerhin haben Sie ein wenig Licht ins Dunkel gebracht.«

Sie hatte keine Lust, laufen zu gehen, aber der bittende Blick Melittas und die Tatsache, dass es der letzte gemeinsame Lauf wäre, ließen sie ihre Laufshorts anziehen.

Franziska saß in der Küche vor ihrem Kaffee und aß ein Stück Käsekuchen.

»Eine letzte Runde?«, fragte sie. »Ich hatte gestern den Eindruck, du würdest gerne nach Hause fahren.«

Jana nahm sich ein Glas Orangensaft und setzte sich kurz zu ihr.

»Weißt du, ich musste heute Morgen an ein Lied von Wolf Biermann denken: ›Ich möchte am liebsten weg sein und ich bleibe am liebsten hier‹. Das passt zwar nicht ganz, aber ich hätte gerne noch ein paar Tage Urlaub ohne Mord und Totschlag, ohne ein Dorf, das sich seine Geheimnisse bewahren will und damit mehr Unheil als Gutes schafft.«

»Ich verstehe dich gut. Du bist ja da hineingestolpert.«

»Eher hineingelaufen«, meinte Jana.

Sie mussten beide lachen und die Atmosphäre löste sich ein wenig.

»Was hast du heute vor?«

»Ich werde Melitta zuliebe einen kurzen Lauf machen und dann ... ich denke, ich packe, fahre noch einmal nach Freiburg, gehe kurz über den Markt ... vielleicht treffe ich mich mit Wolfgang.«

»Nicht mit deinem jungen Kollegen?«, fragte Franziska augenzwinkernd.

»Mal schauen«, erwiderte Jana. »Aber um keine falschen Hoffnungen aufkommen zu lassen: Philipp lebt in einer glücklichen Beziehung ... und er ist homosexuell.«

Jana schlug, sehr zu Melittas Erstaunen, einen anderen Weg ein, als sie am Friedhof vorbei waren. Sie liefen gemeinsam in der Morgensonne an Feldern und Weingärten entlang und dann zwischen Gärten zurück ins Dorf. Sie war zu aufgewühlt, um die Haberers noch einmal zu treffen oder die Orte der Begegnung mit Josef Falter wiederzusehen.

Es war halb elf, als sie nach dem Duschen begann, ihre Tasche zu packen und Philipp Reutberger anrief.

»Gut geschlafen?«

»Wie ein Murmeltier.«

»Ich war im Krankenhaus, weil sie mir am Telefon nichts sagen wollten.«

»Und?«

»Josef Falter ist heute Morgen kurz nach vier gestorben. Der Arzt meinte, sie hätten keine Chance gehabt, er sei zu spät eingeliefert worden. Er sprach von einem Multiorganversagen, Niere, Leber und Herz haben gleichzeitig die Arbeit eingestellt. Außerdem hatte er eine massive Leberzirrhose.«

Sie schwiegen beide einen Moment.

»Hast du schon irgendetwas von der KTU?«

»Da dürfte vor Montag nichts kommen. Wir sind personell dünn besetzt, sie haben einen Haufen Krempel mitgenommen und der Fall hat keine Priorität.«

»Was sagen die Schweizer zu Michniks Wagen?«

»Max meinte, sie bekämen ihn am Montag. Nachdem es eine Mordermittlung ist, war die Kooperation mit den Schweizern recht geschmeidig. – Was machst du heute?«, fragte er nach einer Pause.

»Heimfahren.«

»Schade.«

»Weißt du, das war nicht der Urlaub, den ich mir erhofft hatte.«

»Lust auf ein ›dernière‹?«

»Ich dachte, dein Französisch sei nicht so gut.«

»Dafür reicht es. Hast du Lust?«

»Ich wollte nach Freiburg.«

»Warum fährst du nicht über den Schwarzwald und am Bodensee entlang zurück? Der Weg ist das Ziel.«

»Und wo auf dem Weg erwartest du mich?«

»In St. Blasien. Ich bin da zur Schule gegangen.«

Sie verabschiedete sich von Franziska, die ihr einen Karton mit Wein gab, und trug ihr Grüße an Martin, Eva und Lena auf. Anschließend warf sie ihre Tasche auf den Rücksitz des Minis. Sie wollte sich mit Philipp halb eins vor dem Dom in St. Blasien treffen.

Natürlich stand der schwarze Porsche schon da.

»Pünktlichkeit ist die Höflichkeit der Könige«, meinte sie lächelnd.

»Bei meinem Vater kam man immer zu spät, egal wie pünktlich man war. Magst du einen Blick in den Dom werfen, bevor wir eine Kleinigkeit essen?«

»Gerne.«

Es umfing sie eine Kühle und ein gefiltertes Licht, das Ruhe spendete. Sie setzten sich in eine Bank und sprachen eine Weile kein Wort.

»So ging es mir hier schon als Schüler. Ich kann es nicht beschreiben, aber man fühlt sich ... ein wenig aus der Welt herausgelöst.«

»Ich kann das spüren.« Sie nahm seine Hand. »Wenn ich daran denke, wie wir uns zuerst begegnet sind, was man mir über dich erzählt hat ...« Sie sah ihn an. »Es war gut, mit dir zu arbeiten.«

»Du warst ein wenig wie ein Leuchtturm, aber ich kam mir immer vor wie im Nebel.«

»Da warst du nicht allein.«

»Sollen wir unser ›dernière‹ zu uns nehmen?«

»Sehr gerne«, meinte sie lächelnd.

Als sie das Klostermeisterhaus betraten, kam sofort ein Herr im dunklen Anzug auf sie zu und meinte: »Graf Reutberger, das ist aber eine Freude. Sie waren lange nicht mehr da und noch dazu in so charmanter Begleitung. Darf ich Sie zu Ihrem Tisch bringen?«

Es gelang Jana, Contenance zu wahren, wie man das in diesen Kreisen vermutlich nannte.

»Bist du jetzt Felix Krull oder Graf Reutberger?«, fragte sie, als man ihnen die Stühle zurechtgerückt hatte.

»Ersteren habe ich nur gelesen, als Letzterer bin ich geboren, habe den Titel aber schon vor ein paar Jahren abgelegt. Sehr zum Missfallen meiner Familie.«

»Du bist nicht einfach zu verstehen.«

»Das freut mich.«

Sie bestellten beide Forelle und einen Salat und folgten beim Weißwein der Empfehlung des Sommeliers.

»Willst du bei der Polizei bleiben?«, fragte Jana.

»Wenn du meine Chefin wärst, ja.«

Jana schmunzelte.

»Nein, im Ernst, ich weiß es nicht.«

Sie widmeten sich beide ihren Forellen.

»So einen Fall hatte ich noch nie«, sagte er irgendwann.

»Du meinst so verwirrend?«

Er nickte.

»Du musst Abstand gewinnen. Dann gehst du das alles noch einmal durch. Auch unsere ersten Begegnungen. Ehrlich gesagt, ich finde, du bist an diesem Fall gewachsen. Ich hätte mir bei unserem ersten Zusammentreffen nicht vorstellen können, mit dir zusammenzuarbeiten.«

»Ich hatte nie eine Partnerin wie dich.«

»Stell dir einfach beim nächsten Fall vor, ich stünde neben dir. Was würde ich dir raten?«

»Das kann ich nicht. Du bist wie mein Vater beim Schachspiel: Immer drei Züge voraus.«

»Hat er dir nie erklärt, wie das geht?«

»Dazu bin ich zu blöd.«

»Nein, Philipp. Ganz gewiss nicht. Manchmal bist du zu arrogant. Manchmal zu sehr bei dir selbst. Vielleicht schaust du auch nicht genau genug hin. Denk darüber nach, wie wir gearbeitet haben. Du kannst es, aber du musst es auch tun.«

Er legte seine Hand auf ihre.

»Danke.«

Der Ober brachte zwei Espressi und zwei kleine Gläser mit einer wasserhellen Flüssigkeit.

»Das haben wir nie im Leben bestellt«, meinte Jana.

»Brauchen wir nicht. Espresso bekomme ich hier immer. Und ich denke, das ist ein Birnenbrand aus unserer Brennerei.«

»Unserer?«

»Gut Reutberger.«

Sie gab ihm zum Abschied einen Kuss auf die Wange und sagte lächelnd: »Grüß John von mir.«

Anderthalb Stunden später war sie in Überlingen und fuhr im Licht der Nachmittagssonne den Bodensee entlang.

Der andere Kriminalroman

Huldrychs Ende

Eine Kriminalsatire

Ein schillerndes Fest, ein rätselhafter Todesfall.

Nach der feierlichen Eröffnung der 250. Buchhandlung von Huldrych Librorius in München steht Kommissarin Jana Vecera bei ihrem ersten Fall in einer Welt skurriler Figuren und mysteriöser Intrigen.

T. M. Glaw entführt mit spitzer Feder und schwarzem Humor in die Abgründe des Münchner Literaturbetriebs.

Benedict Schönheit ermittelt in München

Sinnlos

Benedict Schönheits siebter Fall

Eine junge Frau wird durch einen Pfeil getötet. Ist es ein Ehrenmord oder die Tat eines psychisch gestörten?

Welche Rolle spielt die undurchsichtige Professorin an der Kunstakademie?

Venezianisches Intermezzo

Benedict Schönheits sechster Fall

»Sie haben deinen Bruder verhaftet.«

Einige Stunden nach diesem Anruf sitzt der Münchner Kriminalrat Benedict Schönheit im Flugzeug nach Venedig, wo sein Bruder unter Mordverdacht in Untersuchungshaft sitzt.

Der Fall entwickelt sich schnell zu einer Gratwanderung zwischen Ermittlung und Einmischung in venezianische Angelegenheiten – besonders nachdem ein neuer Toter gefunden wird.

Sigmunds Rache

Benedict Schönheits fünfter Fall

Ein toter Industrieller in einer Bogenhausener Villa, ein nackter junger Mann unter Drogen, ein ruiniertes Wochenende für Kriminalrat Benedict Schönheit.

Kamen die Mörder aus Münchens Halbwelt, ist ein betrogener Anleger ausgerastet oder gab es doch ganz andere Gründe, warum Andy Grashammer sterben musste?

Friedrich von Coes ermittelt in Münster

Karger Schatten

Friedrich von Coes vierter Fall

Ein Spaziergänger entdeckt den merkwürdig verkrümmten Körper eines toten, jungen Afrikaners im botanischen Garten. Die Polizei findet keine Spuren, der Gerichtsmediziner steht vor einem Rätsel.

Nur eine Kleinigkeit stört Doktor Bildermann.

Das Team um Hauptkommissar von Coes ermittelt in einem Geflecht von afrikanischen Mythen und einem blutigen, finanziellen Hintergrund.

Simsons Füchse

Friedrich von Coes dritter Fall

Seit mehreren Jahren brennen im Münsterland an Mittsommer Bauernhöfe. Als man nach einem Brand ein 7,65 mm Kugel im Schädel einer verkohlten Leiche findet, wird der Fall Hauptkommissar Friedrich von Coes übertragen.

Die Wirren der Nachkriegszeit, der Hass auf Außenseiter, vor allem jedoch die Aktivitäten rechtsextremistischer Kreise im Ruhrgebiet haben Folgen, die außer Kontrolle geraten

Weitere Kriminalromane aus der Reihe:

Tamars Schwestern

Friedrich von Coes zweiter Fall

Kreuzbube

Friedrich von Coes erster Fall